无论人生行至何处，总要好好吃饭

好吃！
苏东坡

刘阳 著

人民文学出版社 天天出版社

目录

蒌蒿满地芦芽短：
野菜好时节

蒌蒿

1

白菜

韭菜

蔓菁

冬天即将过去，气温回升，春天近在咫尺，这个时候，谁能最先感受到春天的气息？苏轼给出的答案是："春江水暖鸭先知。"春天到来，对于没有蔬菜大棚的古代人来说，是一个令人激动的消息，这意味着越来越多的青菜可以出现在人们的餐桌上，给冬天里渴望绿色的味蕾带来满足。

在我们的印象里，苏东坡是一个在吃肉方面特别有心得的人，像东坡肘子、东坡肉早就成了传世名菜。但是一个真正的"老饕"自然不能只在吃肉上花心思，而应该在饮食生活的方方面面，都能发掘出令人食指大动的美味。

很多人不爱吃菜只想吃肉，觉得青菜没味道，勉强吃一些也是为了补充营养。但苏轼不这么认为，在那些背井离乡、颠沛流离的日子里，故乡种类繁多的青菜是他无比想念的美味。为此他专门写过一首诗，就叫《春菜》：

蔓菁宿根已生叶，韭芽戴土拳如蕨。

烂烝香荠白鱼肥，碎点青蒿凉饼滑。

宿酒初消春睡起，细履幽畦掇芳辣。

茵陈甘菊不负渠，绘缕堆盘纤手抹。

北方苦寒今未已，雪底波棱如铁甲。

岂如吾蜀富冬蔬，霜叶露牙寒更茁。

久抛菘葛犹细事，苦笋江豚那忍说。

明年投劾径须归，莫待齿摇并发脱。

　　诗人写道：蔓菁长出了新的叶子，韭菜的嫩芽破土而出，煮熟的瓜果和荠菜酥烂可口，青蒿凉饼也非常好吃。宿醉初醒，在院子里转转，不同品种的野菜采来都能成为餐桌上的美味佳肴。此时北方还处在寒冷的冬天，处处都还是一片萧索，回想我的家乡四川，冬天也有种类丰富的蔬菜，尤其是白菜、葛根、笋，还有江豚，让人忍不住怀念。明年一定要找个理由辞官归故里，希望不要等到年老体衰的那一天才能回去。

　　根据学者考证，这首《春菜》大概写于苏轼在徐州担任知州的时期。苏轼出生地四川，素有天府之国的美称，气候温暖湿润，大面积肥沃的平原很适合种植粮食和蔬菜。所以他在诗中回忆了家乡四川在初春时节可以见到的蔬菜。其中有一些是我们比较熟悉的，比如蔓菁就是大头菜，菘菜就是大白菜，还有荠菜、青蒿等。宦游在外，还生活在寒冷的北方，冬天能吃到的蔬菜种类实在有限，对于"吃货"苏轼来说，更会生出对故乡浓浓的思念之情。所以在诗的最后他才会抱怨，打算明年就辞官回乡。

春季食菜，不是苏东坡的首创，野菜在古代人的食谱中，一直占据着很重要的位置。中华文明发源于黄河流域，是非常典型的农耕文明，在古代生产力不足的时候，肉类稀缺，大多数时候人们都要通过主食和各种野菜来填饱肚子。早在先秦时期，《诗经》里就提到过很多种野菜，比如我们非常熟悉的《关雎》里，就有"参差荇菜，左右流之""参差荇菜，左右采之""参差荇菜，左右芼之"的句子，记录了人们采摘野菜之后，择菜、洗菜的过程。在唐代，蔬菜还只是作为搭配的食材跟肉一起吃的，到了宋代，则有了单独烹饪蔬菜的习惯。宋代的城市平民饮食生活丰富发达，蔬菜也不光是上流文人的独享，还逐渐成了整个社会都喜爱的一种饮食方式，甚至还有了规模化的蔬菜种植基地和专门销售蔬菜的菜行。

不过，宋代人烹饪蔬菜的方法跟今天不太一样，现代人习惯吃炒菜，宋代人虽然也有炒菜，但更流行吃水煮菜，称之为"羹"。在城市里，羹是非常流行的，市面上有专门卖羹汤的店，种类繁多，孟元老在《东京梦华录》中记录过，有头羹、三脆羹、粉羹等几十种。

关于羹的做法，苏东坡专门写过一篇《菜羹赋》。这个时候他因为乌台诗案的影响谪居黄州，领了一个俸禄微薄的虚职，还要被人监视。为了排解心中郁闷，外加补贴家用，他开始在东坡种菜，也因此自称东坡居士。据他自己说，因为太穷了，鱼和肉他都吃不起，只能把收获的蔓菁、芦菔（萝卜）、苦荞煮来吃。

当时的人吃水煮菜，一般会搭配酱料或者葱姜蒜这些厚重的调味料来吃。苏轼则发明了什么都不放，只吃水煮本味的吃法，他认为这样的吃法更能体会到这些蔬菜的"自然之味"。但是作为一个合格的"老饕"，最简单的方法也有自己的讲究，在《菜羹赋》中，苏轼详细讲述了做这道菜羹之前，要先用干净的山泉水把菜洗净，再用树叶和树根烧火，把凝成膏的猪油溶化后，再把三种菜放进锅里，注入山泉水慢慢炖。等到水开，再加入一些豆糁（shēn）也就是发酵调制过的黄豆碎继续炖。这个过程中，不要随便搅动，也不能加醋、酱油、花椒、桂皮这些常用的重口味调料。直到蔬菜和豆糁都炖烂了，就可以享用这碗甘美酥烂的菜羹了。

苏轼认为做出了这道菜羹，自己的厨艺已经可以比肩厨师的鼻祖易牙了。不过，看了这道菜的烹饪方法，作为现代人，我们实在很难想象一碗加了猪油，不放调料的水煮菜会有多美味。不过，苏轼留给我们的不仅是一道菜的烹饪方法，更是随遇而安、百折不挠、浪漫又坚强的生活态度。

在诸多野菜中，莼菜非常受人青睐。南宋词人辛弃疾有一首《水龙吟·登建康赏心亭》，里面有一句"休说鲈鱼堪脍，尽西风，季鹰归未"，化用了西晋文学家张翰的一个典故。张翰的家乡在吴国，也就是今天的苏州一带，在西晋时期，他在洛阳当官，因为想念家乡的莼菜羹和鲈鱼脍，干脆辞官回乡去了。如果从严肃历史的角度来看，他说想念家乡的美味，其实只是一个避免卷入政治斗争的借口，但这种对家乡口味的眷恋和思念，真实地打动了很多人。这个典故在后来被称为"莼鲈之思"，江南一带的莼菜也因此在饮食文化里占据了一席之地。

很多诗人的诗词中都提到过莼菜，唐代白居易有："犹有鲈鱼莼菜兴，来春或拟往江东。"元稹有："莼菜银丝嫩，鲈鱼雪片肥。"宋代陈瓘写过："莼菜鲈鱼好时节，秋风斜日旧烟光。"苏轼当然也不会错过这种美味，他说："每怜莼菜下盐豉，肯与葡萄压酒浆。"陆游回想莼菜的时令情景是："市桥压担莼丝滑，村店堆盘豆荚肥。"

说起陆游，似乎我们脑海里总会浮现一个忧国忧民满脸严肃的形象。其实陆游也是一个对享受生活很有心得的人。民间有谚语称："三月三，荠菜赛金丹。"因为荠菜甘甜，做菜有一股清香的味道，所以陆游很爱吃荠菜。他写过一首《食荠》："小著盐醯助滋味，微加姜桂发精神。风炉歙钵穷家活，妙诀何曾肯授人。"陆游的吃法就跟苏轼不一样，苏轼的水煮菜强调不能放调料，要慢慢煮出食材本来的鲜甜味道，陆游则要搭配着盐和酱，再加一些姜和花椒来提振精神，这样吃起来才趣味盎然。

到了明清时期，烹饪技术更接近现代，人们吃蔬菜的方法也跟今天越来越像。写出《随园食单》、一生致力于记录各种菜肴做法的袁枚，非常喜欢吃豆芽。他认为豆芽口感又柔软又脆，要把它炒到熟烂，让调料入味，才更好吃。他还有个比较奇妙的吃法，是用豆芽搭配燕窝吃，认为这样是用极为常见的食材搭配极为名贵的食材，别有一番风味。想象一下这个味道，还真说不好这是不是一道"黑暗料理"。

以上说的这些，都是野菜之于文人雅士的生活情趣，而野菜对于古代普通百姓，则是性命攸关的存在。年成歉收、青黄不接时，野菜是最重要的果腹食物，也是帮助人们度过饥荒、封建王朝维持统治安定的重要依仗。即便在风调雨顺的正常年景，人口多一些的务农家庭，也要依靠挖野菜来维持温饱。从唐朝开始，人们把每年二月二定为挑菜节。此时正值春暖花开，人们结伴出游，踏青赏春，顺便挖野菜回家。久而久之，吃野菜也积累了不少代代相传的知识，到了明代便出现了专门教人挑选、辨别野菜的著作——《救荒本草》。这本书的作者一定会出乎你的意料，他是明太祖朱元璋的第五个儿子朱橚。朱橚的封地在今天河南开封，自古灾害多发。见多了百姓流离失所，民不聊生，朱橚决定开发一切可食用的植物。于是他找了个院子种上各种野菜，自己观察、记录，还找了画工画图，最终完成了这本书。如果朱橚生活在今天，可能会成为一位优秀的植物学家吧！

我们今天早就不用为填饱肚子发愁了，在吃这方面考虑得更多的是如何吃得健康营养、新颖有趣。所以我们可以跟随着苏东坡这些文人雅士的脚步，"附庸风雅"一番：在春天里，你可以像杜甫一样"夜雨剪春韭"，可以像《诗经》中的女子一样，去采一捧荇菜，还可以像苏轼一样煮一碗原汁原味的菜羹。他们提到的韭菜、蒌蒿、芦菔、莼菜、荠菜、豆芽等，都是我们现在常常见到的蔬菜。因为有了蔬菜大棚技术，我们能吃到这些蔬菜的时间已经不局限在春天了，但在合适的时节吃一道应季的蔬菜，再读上一首与之有关的诗，也算是属于春天的仪式感了。

正是河豚欲上时：

河豚有毒但好吃

2

烧
河
豚

河豚应作河鲀，是一种味道鲜美、营养丰富但含有剧毒的鱼类。《说文解字》里说，豚指的是小猪，和在水里生活的鱼类并无关系，但"河豚"这种叫法古已有之，大概是因为这种鱼生气的时候就会鼓成一个球，头大身子圆，看起来像头小猪一样，所以才被人们称作"河豚"。

河豚主要分布在我国江浙、山东、河北、广东、广西等水系发达的地区，各地的人们都有吃河豚的习惯。宋代的文人墨客尤其喜爱吃河豚，为此留下了很多与此有关的诗词和随笔散文，其中一位非常激进的食河豚倡导者，就是苏轼。

说他激进，是因为河豚的卵巢、肝脏、肾脏、眼睛、血液中含有毒性很大的神经毒素，如果处理不得当，人食用河豚之后会出现运动神经麻痹的症状，最终导致呼吸困难而死亡。今天我们能吃到的河豚，需要经过各种严格的检疫和处理，制作河豚的厨师还需要考取专门的证书。但在宋代，人们对河豚有毒的认知远没有现在全面，会不会因为吃河豚死掉全靠运气。

据说，苏轼的一位同僚要请他吃饭，请了一位会烹饪河豚的厨娘到府上来做菜。这时苏轼还没吃过河豚，听人说吃河豚危险性很大，有点不敢吃。那位来做菜的厨娘听说后，躲在一旁偷看苏轼的反应。结果菜一上桌，苏轼就被河豚的香气引得食指大动，说："罢了，能吃到河豚，死也值了。"接着就拿起筷子大快朵颐。

另一位宋人袁耿则在笔记中记录了自己吃河豚险些丧命的经历。他去平江（今属湖南岳阳）走亲戚，看望跟他有姻亲的一位姓张的谏院，这位张谏院从江南来，在当地学会了烹饪河豚，要亲自下厨。袁耿也没多想，就点头答应了。过了一会儿河豚做好了端上桌，两人正准备一饱口福，突然来了客人，他们只好放下筷子去见客。趁着两人不在，一只猫被鱼鲜味吸引过来，打翻了汤碗，和家里的狗一起把掉在地上的河豚肉吃了。等两人回来，发现猫和狗都被毒死了，这才知道这次的河豚做得并不成功，算是因祸得福，惊出一身冷汗。

后来，以苏轼为代表的这些宋代人吃河豚的小故事在民间广为流传，逐渐演变成了一句民谚"拼死吃河豚"，比喻冒着生命危险也要做某件事。幸亏上天眷顾，苏轼吃的河豚做得安全可口，并没有把他毒死，不然今天我们可能就读不到《赤壁赋》《水调歌头·明月几时有》这些传世名篇了。

当然，这些故事只是民间传说，苏轼有没有说过愿意为了吃河豚去死的话，我们不得而知，但他对于河豚的喜爱绝对是真的。从他的诗《惠崇春江晚景二首》其一就可以看出来：

竹外桃花三两枝，春江水暖鸭先知。

蒌蒿满地芦芽短，正是河豚欲上时。

竹林外两三枝桃花开放，鸭子游在水中，最先察觉到江水回暖，春天来临。河滩上已经满是蒌蒿，芦苇也开始抽芽，河豚此时正要逆流而上，这说明正是到了吃河豚的好时节了。

这是一首题画诗，写在苏轼的好朋友僧人惠崇所画的一幅《春江晚景》图上。惠崇是北宋时期非常有名的一位诗人兼画家，他的画作代表了当时艺术创作的最高水准。可惜年代久远，惠崇流传下来的作品非常稀少，现在能看到的有《沙汀烟树图》，是国宝级的藏品，辛亥革命后被溥仪的弟弟溥杰带出皇宫，辗转到了东北，现在被收藏在辽宁省博物馆。

而《春江晚景》这幅原画已经佚失，画面的样子我们不得而知，只能从苏轼的题画诗上猜测，这幅画大概描绘了一幅暖意融融的春天图景。

这首七言绝句流传很广，今天还是小学阶段语文课诗词的必背篇目，后来人们经常会用"春江水暖鸭先知"这句诗来表达在前沿和细微的地方，往往能最先感知到事物发生的变化。除此之外，这首诗也让河豚这道河鲜声名远播。很多生活在内陆地区的人可能从来没见过河豚，也会因为这首诗对河豚的美味产生向往。

根据流传下来的古籍、诗文、笔记判断，在宋代上到当朝宰相，下到贩夫走卒，都对河豚抱有特殊的情感。著名的河豚爱好者北宋名臣梅尧臣，写过一首有名的咏河豚的诗，叫作《范饶州坐中客语食河豚鱼》，开头的四句"春洲生荻芽，春岸飞杨花。河豚当是时，贵不数鱼虾"在当时流传很广，时人便因此称梅尧臣为"梅河豚"。

这首诗题目中的范饶州，就是那位"先天下之忧而忧，后天下之乐而乐"的范仲淹；后来大文学家欧阳修也读到了这首诗，连连称赞，说这首诗"作于樽俎之间，笔力雄赡，顷刻而成，遂为绝唱"。当时人作诗喜欢反复推敲，精雕细琢，在里面加入很多晦涩难懂的辞藻和典故，这首诗却是在饭桌上推杯换盏之间随笔而成的，行文平缓淡然，但含义深远，描绘真实，很有唐朝韩愈的风格。而欧阳修最推崇韩愈，因此对这首诗极为喜爱，专门手抄了很多遍送给别人，还说自己每次身体不舒服的时候，就会把这首诗找出来读，读完就觉得好多了。

中国人吃河豚的记录能追溯到很久之前，在古籍《山海经》中有这样的记载："敦水出焉，东流注于雁门之水，其中多鲺鲺之鱼，食之杀人。"这种吃了之后会死人的鱼，就是河豚。也就是说，在《山海经》成书的年代，已经有人因为吃河豚送了命。

春秋时期，主要是吴越一带的人吃河豚。到了汉代，河豚的名气更大了，张仲景的《金匮要略》中专门介绍了解河豚毒的方法，虽然不一定有效，但侧面说明了食用河豚中毒成为当时一种较为常见的现象。魏晋时期，江西一带的人把河豚视为珍品，还专门记录了这种鱼有毒，需要蒸煮之后才能吃，味道非常鲜美。

到了气象恢宏的大唐盛世，河豚在人们的餐桌上更加普遍，还冲出江南，走向了皇帝的餐桌。那位"口蜜腹剑"的宰相李林甫，受到唐玄宗的赏赐，其中就包括河豚。这个时期，正有很多日本遣唐使在长安生活学习，不知道这些来大唐的"留学生"有没有和唐代人交流河豚的做法和口感，今天日本人对河豚料理的痴迷，有没有受到当时盛唐的影响。

时间来到宋代，把河豚当作食物的地区逐渐扩大，更多普通百姓也喜欢上了吃河鲜。加上宋代文人主张把日常生活写进诗词中，才诞生了很多与河豚有关的诗词，前面提到的梅尧臣和苏轼的诗，则是其中朗朗上口、流传甚广的作品。

除了他俩，还有北宋的王之道，写过"试问荻芽生也未，偏宜。出网河豚美更肥"。南宋诗人洪适有"一拥河豚千百尾，摇食指，城中虚却鱼虾市"。是说河豚上市之后，令人食指大动食欲大开，最后一句则是化用梅尧臣的"贵不数鱼虾"，意思是河豚让城里的鱼虾都无人问津了。辛弃疾也化用过苏轼的诗，写了"快趁两三杯，河豚欲上来"的句子。

当然不是所有人都对河豚有好感，黄庭坚的舅舅李公择就是个非常谨慎的人，他虽然是江左人氏，但从不吃河豚，说"河豚非忠臣孝子所宜食"。在北宋文人的观念中，忠臣孝子应当修身齐家治国平天下，如果因为满足口腹之欲，食河豚中毒而死，那实在是太不值得了。

由此可见，两宋时期的文人对河豚的态度可以说是又怕又爱，于是一些商家干脆以假乱真，有的会用其他无毒的鱼类代替，有的则是用素菜做成河豚的样子。

元代皇宫里所做的"河豚羹"里不仅没有河豚，甚至没有了鱼，而是用白面做成河豚的样子，加上羊肉汤和调料，满足皇帝们对河豚的想象。

到了近代，鲁迅先生也曾在异国求学时提到过吃河豚的情形，"故乡黯黯锁玄云，遥夜迢迢隔上春。岁暮何堪再惆怅，且持厄酒食河豚"。这首诗写于1932年的最后一天，不知道是不是河豚的味道让他想起了家乡，想起了当时风雨飘摇满目疮痍的中国。

很多时候，我们怀念这些食物，并非单纯要追求舌尖上的滋味，而是那些熟悉的食物承载了人们对故乡亲人的思念，这是一种对自小生长的文化土壤的眷恋。饮食文化的形成，是千百年来一代又一代人有意或无意的共同意志，它可能受到当地环境、风俗、文化等各方面的影响，也会随着这些因素的变化而不断变化。幸运的是，古人用诗文把他们的饮食文化记录了下来，让今天的我们可以通过这些文字去想象和揣摩他们当时的心境。

距离苏轼站在河边感叹河豚肥美的时光，已经过去了千年，但河豚的美味没有变化，人们对河豚的喜爱也没有变化，记录着他们故事的那些文字我们今天仍然能看懂。站在后人的视角去回看这些故事，体会文化的变迁，实在是非常有趣的一件事。

时於粽里得杨梅：

梅子熟了

青梅

3

杨梅

春末夏初是杨梅成熟的时节，鲜红欲滴的果子大量上市，成了街头巷尾最美丽的点缀。跟西瓜、葡萄、苹果这样的"外来户"不同，杨梅是我国土生土长，到了今天还在大面积种植和食用的古老水果。

杨梅原产于中国浙江余姚，在河姆渡遗址的考古现场发现过杨梅花粉，由此可以推测，早在公元前7000年，杨梅就已经生长在长江流域了。杨梅味道酸酸甜甜，可以当作应季水果，也能做成蜜饯，在历史上的中国人生活中出现的频率很高，因此也在文人墨客的诗词中占有了一席之地。

苏轼写过不少有关杨梅的诗词，例如《太皇太后阁六首之一》：

上林珍木暗池台，蜀产吴包万里来。

不独盘中见卢橘，时於粽里得杨梅。

这首诗写于北宋元祐三年（1088），是一首端午帖子词。北宋宫廷会在各个节日期间举办宴会，大臣们就会写一些祝贺的吉祥诗。从题目来看，这首应该是苏轼觐见太皇太后的时候写的。

元祐元年（1086），年仅十岁的宋哲宗登基，因为储君年幼，他的父亲宋神宗驾崩前把小皇帝托付给了自己的母亲高太后。哲宗登基后，太皇太后高氏临朝称制，反对王安石变法，召回了司马光、苏轼这样的"旧党"官员在朝中任职。

就是在这段时间，苏轼短暂地在东京汴梁，权力旋涡的最核心做官，因为太皇太后的信任，他从起居舍人升到了翰林学士，后来还出任了龙图阁学士。但因为之前反对王安石变法，还朝后又反对"旧党"的一些做法，苏轼此时两头不讨好，虽然身在京城，却无法施展自己的抱负。他几次请求朝廷让他去外地做官，但都没有被允许，此时他心中的苦闷是可想而知的。

这年端午节，苏轼进宫觐见了太皇太后，还在太皇太后那里吃了饭。写了六首帖子词，作为一种过节的吉祥话，没有什么太深刻的内容。这首诗主要赞颂北宋宫廷里饮食种类的丰富，很多特产是从蜀中和吴越之地专门进贡而来的。盘中不光能见到卢橘，还能吃到裹着杨梅的粽子。

在太皇太后的端午宴会上，专门给大臣们准备的杨梅粽子值得一说。宋代人喜欢在粽子里包上一些水果，做成水果粽，搭配上冰凉的酒饮，别有一番滋味。端午日处在春末夏初，正是梅子成熟的时节。杨梅产地分布很广，不过，在五月初的中原地区，能吃到江南一带刚刚成熟的杨梅，算是皇家的特权了，也难怪对美食见多识广的苏东坡，也要专门写诗记录下来。

苏轼和杨梅还有过一个民间传说。据说苏轼在岭南时"日啖荔枝三百颗"，大家都知道他对荔枝爱得痴狂，于是有人问，什么水果可以媲美荔枝呢？有的人说是西凉的葡萄，但是苏轼认为是吴越的杨梅。因为这句话，民间便传说在苏轼心中，最爱的水果除了荔枝便是杨梅。

苏轼还有一首关于杨梅的诗，叫作《赠惠山僧惠表》，这首诗写于元丰二年（1079），当时苏轼正要去湖州上任，路过无锡惠山，顺便探望自己的好朋友惠表。

行遍天涯意未阑，将心到处遣人安。

山中老宿依然在，案上楞严已不看。

欹枕落花余几片，闭门新竹自千竿。

客来茶罢空无有，卢橘杨梅尚带酸。

这首诗开头就称赞惠表，虽然足迹遍天下，但依然觉得不够，希望随处化解众生愁绪，让人心安。此时的惠表年高德劭，隐居山林，案牍上摆着的《楞严经》早已烂熟于心，不需要专门去翻看了。他平时的生活非常闲适，看着窗外落花，想着门外的竹林逐渐茂密。不过他接待来访的客人时只能端上一杯清茶，因为这个时候山中的卢橘和杨梅没有完全成熟，还带着酸味。

这位惠表是一个什么样的人，在历史上找不到可靠的记载。从这首诗的描述中，不难猜测他应该是一位恬淡自然、随性平和的僧人。山中没有什么美味的佳肴，还想着用苏轼喜欢的水果招待他，结果时节太早，水果都还没有成熟。

顺便一提，杨梅是无锡特产，当地称为"马山杨梅"，因为地处丘陵，土壤肥沃，水源充足，种植杨梅的历史长达两千年，古时被称为"吴越佳果"。难得路过一次无锡，却因为时节不对错过了这肉质细腻、汁多味浓的佳果，对于"吃货"苏轼来说，恐怕是天大的遗憾吧。

除了这种色泽红艳的马山杨梅，苏轼还吃过白杨梅，他在《闻辩才法师复归上天竺以诗戏问》中写过"此语竟非是，且食白杨梅"。白杨梅是杨梅中比较独特的品种，产自浙江的上虞、余姚等地，果子白里透红，晶莹剔透，在古代是最佳的贡品。

今天我们吃杨梅之前，会在水中加一点盐来清洗，这个做法在唐代大诗人李白生活的时期就有了。李白写了一首《梁园吟》送给友人，诗中有这样四句："玉盘杨梅为君设，吴盐如花皎白雪。持盐把酒但饮之，莫学夷齐事高洁。"里面提到杨梅用食盐浸渍，这样既能起到清洁作用，也能激发甜味，让杨梅口味不那么酸，殷红的梅与玉盘和食盐的洁白白相配，也是一种视觉享受。

关于杨梅的名称，还有个有趣的小典故。曹操的谋臣杨修，从小就伶牙俐齿，有一次一位姓孔的先生来看望杨修的父亲，时年七岁的小杨修端出一盘杨梅来招待客人。客人看他可爱，就逗他说："这个是你们杨家的果子，杨梅吧。"杨修听了马上接话道："可我也没听说过孔雀是你们孔家的家禽呀。"客人顿时无言以对，但杨梅是杨家果这个说法流传下来，到了南宋，诗人杨万里在写诗咏叹杨梅时，就用了"吾家果"这个称呼来指代杨梅。

要说从古至今谁是杨梅的忠实粉丝，那绝对非李渔莫属了。李渔生活在明末清初，因为写了《闲情偶寄》，称得上是古代第一生活家。李渔酷爱吃杨梅，每次吃都是按斗算的。后来觉得不过瘾，干脆爬上杨梅树，直接边摘边吃，吃到解馋为止。他回到浙江老家后，还要经常约上三五好友，到农家园子里赏美景、采杨梅、吃杨梅。

公元1630年，江南一带瘟疫流行，李渔也不幸染病，躺在床上痛苦呻吟。因为正赶上杨梅成熟的季节，病榻上的李渔格外想念杨梅，就吩咐他的夫人去买些杨梅来。但大夫叮嘱过，杨梅性热，吃了可能会加重病情，严重的时候还可能丧命，夫人不想让他吃，就骗他说，杨梅还没上市，要等些日子。话音刚落，就听到窗外传来小贩沿街叫卖杨梅的声音，李渔知道夫人在骗他，很生气。夫人只好解释说，是大夫说了，杨梅和所患瘟疫相冲，吃了之后病情会加重，严重时可能会丧命。李渔也是从小学医的，熟读医理典籍，听了之后勃然大怒，大骂大夫是庸医，说我现在病重卧床，已经是快死的人了，还不能吃点自己想吃的东西吗？便催促夫人赶快去买杨梅。

　　夫人没办法，只好去买了杨梅来给他吃。没想到吃过杨梅后没几天，李渔的病莫名其妙地好了。从现代医学角度来看，有可能是吃杨梅补充了维生素C，提高了抵抗力，也有可能是吃了喜欢吃的东西，心情好了，病也就好得快了。经过这次的事情，李渔对杨梅更加喜爱了，直接认定杨梅是此生挚爱："生平爱食之物，即可养身。"他还写了一本医书，排名第一的草药就是杨梅。在《闲情偶寄》中，李渔专门解释了他为什么认为杨梅是良药："凡人一生，必有偏嗜偏好之一物，如文王之嗜菖蒲菹，曾皙之嗜羊枣，刘伶之嗜酒，卢仝之嗜茶，权长孺之嗜爪，皆癖嗜也。癖之所在，性命与通，剧病得此，皆称良药。"

　　除了杨梅，春天也是青梅成熟的时节。青梅和杨梅名字里都带"梅"，实际上是两种完全不同的植物。杨梅属于山竹科杨梅属，青梅则属于蔷薇科梅属。青梅口感酸涩，直接吃口感很差，人们习惯于用青梅制作饮料或者腌制成蜜饯。

"青梅煮酒论英雄"是《三国演义》里最有名的桥段之一，喝青梅酒的习惯从三国时期一直延续到今天。苏轼在他的《赠岭上梅》中提到了青梅酒：

> 梅花开尽百花开，过尽行人君不来。
> 不趁青梅尝煮酒，要看细雨熟黄梅。

这首诗写于公元1101年，苏轼在人生的暮年终于得以从荒凉的雷州北上回到中原。路过大庾岭的时候，他写下了这首诗。最早开花的梅花已经谢了，青梅缀满枝头，正好摘来煮酒。

古人把松、竹、梅称作岁寒三友，因为这三种植物不畏严寒，是隆冬时节的一片萧索中能看到的不多的绿色。"梅花香自苦寒来""遥知不是雪，为有暗香来"，诗人咏梅，是为了以梅喻己，体现自己和梅花一样高洁的品质。但说到梅子和青梅酒，字里行间就变成了唇齿留香的惬意。比如欧阳修在《渔家傲》中写的"香满袖。叶间梅子青如豆"。晁冲之的"重来一梦，手搓梅子，煮酒初尝"。

　　青梅酒味道酸甜，度数不高，制作工艺也不复杂，到今天还是很受欢迎。很多人会在春夏时节买来应季的青梅清洗干净，加上冰糖和白酒，密封在罐子里。等到来年春天，杨

梅大量上市，也正是百花争艳、绿意融融的时节。准备一筐杨梅，打开经过一年时间沉淀馥郁芬芳的青梅酒，游山玩水沐浴春光的同时，享受这份酸酸甜甜的味道，是初夏时节不可错过的人间风味。

《龙池竞渡图》卷（局部），元，王振鹏

台北故宫博物院　藏

好竹连山觉笋香：

竹笋

4

竹笋

纪录片《舌尖上的中国》里专门讲了竹笋在中国美食中的地位。竹子是速生植物，有时候一夜就可以长高几米，因此春天产出的雷笋，要在极短的时间里从土里挖出来，经过处理后进入市场，再端上家家户户的餐桌。

临安位于今天的浙江省杭州市，是中国的竹子之乡，有十五万人以竹子为生。人们加工竹子、食用竹笋的记录，最早可以追溯到魏晋南北朝时期。在北宋，春笋同样是当地人经常食用的一种食物。苏轼任杭州通判时，就写过一首与竹笋有关的诗：

老翁七十自腰镰，惭愧春山笋蕨甜。
岂是闻韶解忘味，迩来三月食无盐。

这位年过七十的老翁腰间插了一把镰刀，独自一人上山去挖春笋。春天的笋本来非常鲜美，但老翁很惭愧，尝不出甜美的滋味，难道他也像孔子一样，沉浸在韶乐里，三月不知肉味吗？当然不是，这是因为他好几个月吃不到盐。

这首诗是《山村五绝》系列组诗之一，这几首诗记录了苏轼在杭州时的一些所见所闻。写下这首诗时，苏轼一定不会想到，一时的有感而发，会给他带来意想不到的牢狱之灾。

熙宁二年（1069），宋神宗起用王安石担任宰相，开始实行变法，这就是我们在历史书上经常看到的、产生了重要影响的"王安石变法"。到了熙宁四年（1071），苏轼因为反对变法，被王安石找了个借口驱逐出京城，到杭州出任杭州通判。

苏轼和杭州的不解之缘，就这样开始了。对于中国文学史来说，这是一种极大的幸运，苏轼在这里产出了那样多、那样丰富的诗词，千姿百态的西湖，秀丽如画的吴山风光都和他的名字永远联系在一起。正是在这里，苏轼开始了填词创作，让这种在当时新兴的文体在中国文学中史上光芒璀璨。

虽然远离了权力中心的风暴，苏轼却没能彻底置身事外。王安石推行的新法中很多内容都和他的工作息息相关。也因此苏轼看到了新法的很多不合理之处，写了一些诗文来针砭时弊。因为苏轼名声在外，他的这些抱怨引起了新党和皇帝的不满，于是一些人收集了这些诗文，弹劾苏轼，认为苏轼非议朝政，诋毁皇帝。苏轼锒铛入狱，接受了朝廷的审讯和判决，这件事后来被称作"乌台诗案"，是苏轼人生重要的转折点之一。

在乌台诗案的审理过程中，苏轼这首《山村五绝》成了他反对盐法的证据。弹劾他的人认为，这首诗是在批判朝廷的盐法，由于施行了盐法导致民众买不起官盐。苏轼为自己辩解说，这首诗只是他在浙中山区中真实的见闻，一些穷苦的百姓因为家中没有盐只能吃野菜，尤其山笋味道鲜美，可以帮助补充需要的盐分。

但是，乌台诗案是一场文字狱。欲加之罪何患无辞？尽管苏轼实际上没有罪，他还是被贬谪到了更远的黄州（今属湖北黄冈）。正是在黄州时，因为生活困苦，苏轼不得不自己开荒种地，才有了"东坡居士"这流传千古的名号。

中国文化喜欢借物喻人，竹子坚韧不拔、不畏严寒的特点很受文人墨客的喜爱。苏轼写过这样的诗句："宁可食无肉，不可居无竹。无肉令人瘦，无竹令人俗。"即便是如此热爱美食的苏东坡，也认为在居所附近有竹相伴带来的精神享受，可以超过口腹之欲。没有肉吃只是会瘦，没有竹子可是会变成一个俗人呢。

竹笋不与肉为友，这看起来像是一个鱼和熊掌不可兼得的选择，但汪曾祺先生很好地解决了这个问题，"若要不俗与不瘦，除非天天竹笋烧肉"。今天我们餐桌上的菜式里，有很多是竹笋和肉一起吃的，比如江南名菜"腌笃鲜"，就是用笋和火腿一起炖的。但宋朝不流行这种吃法，宋朝人认为笋最好的吃法是"傍林鲜"，就是守着竹林，现挖现吃。

南宋人林洪写的食谱《山家清供》里记载了这样一个故事：苏轼有一位表兄叫文同，当时在临川（今属江西抚州）做官，也是一位文人雅士。这天正值春末夏初，是食竹笋的好时节，文同便和家人在竹林边支起炉火，现场烤竹笋吃。正吃着，忽然收到苏轼寄来的家书，拆开后看信里写着一句诗："想见清贫馋太守，渭川千亩在胸中。"你这个嘴馋的太守，是不是已经把渭川的千亩竹林吃光了呀？文同读后忍不住喷饭，此情此景全被苏东坡猜中了。

在竹林边吹着春日里和煦的暖风，把鲜嫩多汁、还带着泥土芬芳的竹笋烤熟，这是多惬意美好的画面。

笋真是一种非常神奇的食物，水煮、火烤，都味道鲜美。在南宋还流行一种打卤面，用嫩笋、山蘑菇和枸杞头放在一起煮熟，再淋上酱油、香油，撒上胡椒、盐，最后把几滴香醋浇在面条上，就做成了一碗"三脆面"。这种浇头清香酥脆，味足易嚼，在人们普遍牙口不太好的古代，特别适合老人。

靖康之难后，宋人南迁，很多皇族贵胄也喜爱上了吃笋。宋太祖赵匡胤的弟弟赵廷美有一个八世孙叫赵竹溪，他就是三脆面的忠实拥趸，还专门写了诗："竹蕈初萌杞叶纤，燃松自煮供亲严。人间肉食何曾鄙，自是山林滋味甜。"

竹笋在我国分布很广，不同地区的竹笋，品种也不同，不同的人自然对竹笋有不同的偏爱。苏轼喜欢吃杭州的嫩笋，他的学生黄庭坚则专门喜欢吃蜀中的苦笋。黄庭坚吃苦笋吃得太多了，很多朋友都劝他少吃点，于是他写了一篇《苦笋赋》来论证苦笋的好处，说苦笋"甘脆惬当，小苦而反成味"。在苦笋的原产地蜀中，人们不爱吃苦笋，觉得苦笋会让人变瘦。黄庭坚直接说，不用理会这些，那些人根本不能理解其中的乐趣。

苏轼是蜀中人，这苦笋正是苏轼的家乡味道。前文中提到苏轼的诗《春菜》，里面就写了春天格外怀念家乡的苦笋："久抛菘葛犹细事，苦笋江豚那忍说。明年投劾径须归，莫待齿摇并发脱。"作为苦笋狂热爱好者的黄庭坚，写了首诗来应和逗趣："万钱自是宰相事，一饭且从吾党说。公如端为苦笋归，明日青衫诚可脱。"意思是说，你要是真的那么想念家乡的苦笋，不如明天就脱了这身官服，回家吃个够去。

遗憾的是，苏轼此后再也没能回到蜀中家乡，尝到家乡春日里的江豚和苦笋。

竹笋在古代是山珍佳肴，因为竹林普遍生长在人迹罕至的深山，而竹子的生长速度极快，从笋尖冒头到长成竹子，往往只要十来天。要在这么短的时间里把笋挖出来再送到人们的餐桌上，需要的人力物力就格外大，因此竹笋的价格也很高。

《史记·货殖列传》里提到，拥有了渭川千亩竹林，就拥有了财富密码，可以比肩千户侯。唐朝的时候，因为城市经济繁荣，对笋的需求也很大，笋的价格更是高得离谱。李商隐有一首《初食笋呈座中》："嫩箨香苞初出林，於陵论价重如金。皇都陆海应无数，忍剪凌云一寸心。"

出身清贫的李商隐第一次参加京城贵胄的宴会，在这里吃到了平时很难吃到的鲜笋，在席上赋诗的时候就忍不住夸赞了一番。新长出的嫩笋，价值等重量的黄金，足以说明在当时竹笋的珍贵。但是，京城里有这么多山珍海味，你们怎么忍心剪去了竹子的凌云壮志呢？

主人家在宴会上拿出如此鲜美的笋子，初来京城的李商隐却写了一首有点不合时宜的诗，也难怪他以后的仕途一直不怎么顺利。

最会享受生活的李渔也非常爱吃竹笋。他觉得，相比其他蔬菜，家里如果有菜园种菜，随时可以吃到新鲜的；唯独竹笋，一定要吃山林中野生的笋，在城市中自己种出来的虽然也是竹笋，却少了竹笋的灵魂，这点倒是和林洪所说的"傍林鲜"相通。

　　李渔所在的明代，竹笋的吃法也变得多种多样，比如可以和羊肉、猪肉一起煮。不过李渔认为，笋最好的烹饪方法，总结下来就两条："素宜白水，荤用肥猪。"用白水煮熟，加一点酱油吃；或者把鲜笋和肥肉一起煮，熟了之后把肥肉扔掉，搭配上酒和醋，品尝竹笋的甘甜鲜香。

　　今天我们餐桌上的竹笋就更多了，哪怕是远在北方，身处寒冬，也能吃上来自临安的嫩笋。不过，如果你有机会去杭州、四川旅游，不妨到山林中去走一走、看一看苏轼笔下的渭川千亩竹林，去尝一尝苏轼从小吃到大的宜宾苦笋。食物是文化传承最朴素的载体，这些司空见惯的食材，也许都带着这样美好的故事，等我们去发现。

《潇湘竹石图》卷，北宋，苏轼（传）

中国美术馆　藏

从来佳茗似佳人：

春茶

绿茶

5

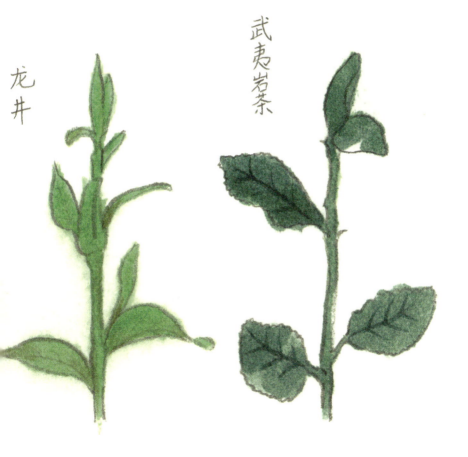

龙井

武夷岩茶

茶是中国人古老的饮品，传说神农尝百草，在树下支炉子烧水，无意间一片树叶飘进了锅里，没想到煮出了格外特别的饮品，不仅清香四溢，饮用后还让人神清气爽。于是饮茶的习惯就在中国人的生活中保留下来。

有关茶的诗词，从古至今数不胜数。从唐朝开始，文人墨客的创作和饮茶便有了不解之缘，我们也得以读到很多隽永的咏茶诗。苏轼的咏茶诗更是个中翘楚。如果你仔细去读苏轼关于茶的诗词，会发现除了他自己的有感而发外，还有许多作品都是和朋友、弟弟往来唱和的，可见对当时人来说，喝茶已经是一个很普遍的爱好。

例如这首《次韵曹辅寄壑源试焙新芽》，便是一首唱和之作：

仙山灵草湿行云，洗遍香肌粉未匀。

明月来投玉川子，清风吹破武林春。

　　要知玉雪心肠好，不是膏油首面新。

　　戏作小诗君莫笑，从来佳茗似佳人。

　　在这首诗中，苏轼不吝各种形容女子的美好辞藻，来形容好友曹辅寄来的春日新茶。这些新茶比起仙山灵草来毫不逊色，像肤如凝脂面如白玉的佳人，令人心旷神怡，如临仙境。

　　给苏轼寄茶来的曹辅，也是北宋的进士，一直在朝中做官，后来还经历了靖康之变，到高宗即位、南宋建立才去世。曹辅是福建沙县人，在他的老家有著名的茶叶产地武夷山，产出的茶叶量少名贵，一直是上等的贡品，民间很难见到。附近还有一个地方产出的茶叶，并不算贡品，但品质口味都和贡品茶没有区别，这个地方就是壑源。

　　南宋的诗话集《苕溪鱼隐丛话》中记载，茶叶是当时重要的税赋来源，因此在宋朝也分官茶和私茶，壑源地区的私茶因为和官茶品质相同而闻名，"其茶甘香特在诸私焙之上"。不光苏轼，曾几、黄庭坚等人都曾写诗称赞过壑源茶，可见名声之响。这首诗对仗工整，修辞精妙，最后一句"从来佳茗似佳人"也经常和"欲把西湖比西子"放在一起做对联使用，流传很广。

宋代人人爱喝茶，大城市里的茶馆就像今天的咖啡馆一样受人欢迎。记录北宋汴梁（今开封）社会生活状况的《东京梦华录》和南宋杭州的《梦粱录》都说城里处处有茶坊，茶坊的作用也跟今天的咖啡馆、酒吧类似，人们在这里消磨时光、和友人聚会，高端一些的茶坊里经常能看到富家子弟、在朝官员往来应酬、学习乐器。大众化一些的茶坊还提供歌舞表演等文艺活动。

宋人爱喝茶，对茶的口味颇为挑剔。影响茶口味的因素很多，除了茶的品种、产地外，还有水质、火候等，苏轼这样对口味要求高的人，喝茶自然会更加讲究，就连泡茶用的水也要经过严格筛选。

《红楼梦》里妙玉收集梅花瓣上的雪水煮茶，认为雪是无根之水，最为干净清澈。苏轼则认为煮茶一定要用山泉水，口感比河水好很多。治平元年（1064），苏轼在凤翔郡担任签判，凤翔在今天陕西宝鸡，有一座中兴寺，寺旁有一个山洞，名叫玉女洞。洞中山泉甘甜，苏轼任职期间，每次煮茶，都要派人去中兴寺里取泉水。

从苏轼的住所到山泉处路途遥远，派出去的小童走了几次，就觉得打水这活儿辛苦又麻烦，于是偷起了懒，去河边挑了水回来。没想到热爱美食的苏轼味觉出众，打回来的水煮了茶，一入口就尝出来味道不对，询问之下，才知道是小童偷梁换柱。

苏轼哭笑不得，但为了防止后来人再偷懒，让他喝不上泉水煮的茶，他想了个办法：找了一节竹子，仿照将军调兵用的虎符，把竹筒一分为二，做成竹契，一半自己留着，一半交给中兴寺的住持。每次派小童去取水，就把手中的竹契交换，下次去时再换回来。

水是取来了，茶到底要怎么煮呢？别着急，苏轼也专门写了《汲江煎茶》来传授这个技艺：

活水还须活火烹，自临钓石取深清。

大瓢贮月归春瓮，小杓分江入夜瓶。

雪乳已翻煎处脚，松风忽作泻时声。

枯肠未易禁三碗，坐听荒城长短更。

这首诗写于苏轼63岁谪居海南儋州的时候，垂暮之年远离家乡、远离亲人、远离中原，但此时的苏轼依然没有放下他对煮茶的小小执念。

他认为，煮茶要用活水，没有山泉水的地方，只好退而求其次，使用江水河水。活火是指有火焰的炭火，这种火比较大，能让水迅速煮开。取来深江清水，再用水舀滤过一遍，去掉杂质。等茶沫像雪白的乳花一样在沸腾的水中翻腾时，茶就算煮好了。

坐在月下的苏轼，闻着茶叶的香气，慢慢地品上三碗茶汤。他年龄大了，肠胃不好，已经喝不了太多茶。但此时手握茶杯，听着这偏远荒芜的城中此起彼伏的打更声，心里也在想着远在他乡的弟弟，怀念着已经故去多年的妻子吧。

宋代流行的喝茶方法有两种：点茶和煎茶。煎茶始自唐代，要先把茶叶研磨成细细的茶末，投入滚水中煎煮。唐代的人们还喜欢在这种茶中加入花椒、盐等调味品，对于宋人来说，煎茶法是一种颇有古风的风雅的生活方式。点茶则是宋代兴起的较为时髦的流行饮茶法，要先把茶末调成膏状放在茶盏里，再用沸水冲开，有点像现在咱们喝的蜂蜜柚子茶之类的冲调饮品。

点茶时茶末的形状瞬息万变，对茶叶的选取、冲泡的手法、器具的搭配都有要求，后来逐渐发展出了斗茶，根据茶品、口味，以及浮出的汤花茶末的形状决出胜负。在经济比较发达的宋代，斗茶是上流文人进行社交的一种重要方式。

这种游戏对于器具的要求比较高，手法也非常复杂，但影响远播周边藩属国，比如今天日本的茶道，就是在宋代点茶的基础上发展而来的。

饮茶文化在我国发展非常早，早在西汉时期，吃茶就是巴蜀地区比较普遍的生活习惯。茶叶的早期利用，是古老巴蜀滇黔文化的特殊成就之一。两汉时期，随着各地区文化交流，饮茶的风气传播到了长江中下游地区。不过在唐朝之前，饮茶还是在南方地区流行。魏晋南北朝时期，南北交流频繁，南方文人才把饮茶风气带到北方，有些土生土长的北方人士也开始模仿南方士人饮茶，但统治阶级层面对饮茶还是持排斥态度。

到了唐代，陆羽所作的《茶经》对茶成为一种风靡全国的饮品起到了重要的推动作用。根据陆羽《茶经》的说法，从神农氏到鲁周公、晏婴，再到汉朝的扬雄、司马相如，晋朝的左思等，都喜欢喝茶。

但在唐代之前，文献记载中并没有"茶"字，多写作"荼"，荼的本意是带有苦味的草，也许我们可以猜测，虽然喝茶起源很早，但这种带有苦味的植物一开始并没有被广泛接受。秦汉时期，人们多使用酒或热汤来招待客人。

陆羽在《茶经》中把"荼"字简化成了"茶"，茶这种饮品真正进入了大众的视野。到唐代开元、天宝年间，饮茶习俗在华北地区开始流行。这种流行与陆羽等人的推广有关，也和当时人们的宗教信仰有关。唐人多信佛教，茶叶在佛教活动中占据重要地位，让人们对茶叶的接受度更高了。巨大的需求催生了茶叶贸易，很多茶商往来于南北之间，把茶叶从产地贩卖到北方。白居易长诗《琵琶行》的主角琵琶女，嫁给了一位商人，她丈夫当晚没有出现的原因就是去茶叶集散地浮梁（今属江西景德镇）买茶了。

宋朝时，茶成为家家户户的生活必需品。王安石在《议茶法》中写道："茶之为民用，等于米盐。"可以看出当时茶叶已经成为和粮食一样重要的百姓家居生活必备之物。记录宋代日常生活的《梦粱录》中则提到，普通人家每天不可缺少"柴、米、油、盐、酱、醋、茶"，直到今天，我们还在用这句话形容日常生活的琐碎繁杂。

饮茶成风，点茶、斗茶也就成了宋人流行的娱乐项目，在张择端的《清明上河图》中，随处可见人来人往的茶肆，几乎个个座无虚席，火爆程度可见一斑。

不过，点茶需要使用的是团茶和饼茶，由于制作方法过于复杂，后来逐渐失传，人们开始使用炒、焙的制茶方式。喝茶的方式也逐渐简化，从画作和出土文物中可以看出，唐宋时期煎茶、点茶的工具往往要摆满一桌子，等到了元代，只需要茶叶罐、茶盏和冲泡茶汤用的大碗了。

到了明朝，明太祖朱元璋彻底取消了团茶进贡，制茶工艺彻底转为炒制散茶，喝茶的方式也进一步简化，变成了咱们今天常见的，在茶具中用开水冲泡之后就饮用的方法。

喝茶的方法也许一直在变化，但对这种饮品的喜爱一直没变。每年春天，茶树长出嫩嫩的新叶，人们会进入茶园，采下最柔软嫩绿的那一朵，制成这一年最新鲜的春茶。

不同地区拥有自己不同的特产茶，安徽黄山的黄山毛峰、福建武夷山的大红袍、浙江杭州的西湖龙井等，这些在唐代、宋代曾经陪伴了李白、杜甫、苏轼的清淡饮品，在千百年后，依然摆上了我们的书桌，在我们专注于学习工作时、和朋友赏月谈心时，它们是最好的伙伴。

春茶是大自然给予的馈赠，饮茶的文化传承是先人留下的温情。读到此处，去尝一杯今年的新茶吧。如苏轼《望江南·超然台作》中所写的："且将新火试新茶。诗酒趁年华。"

《斗茶图》轴，南宋，刘松年

台北故宫博物院　藏

日啖荔枝三百颗：
夏天来了

6

荔枝树

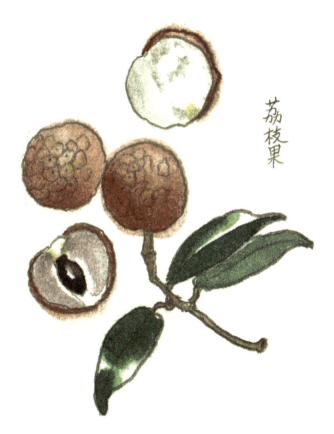

荔枝果

"日啖荔枝三百颗，不辞长作岭南人"，可能是关于荔枝最脍炙人口的诗句。我是北方人，小时候大人常说，荔枝性热不能多吃，吃多了会上火流鼻血，这个时候我就会拿出苏轼这句诗来反驳。

荔枝吃多了会不会流鼻血不得而知，但苏轼是真的很爱吃荔枝。据统计，他一生写了很多很多跟食物有关的诗词，"笋"出现了九次，"杨梅"出现了六次，而"荔枝"足足有十八次。

荔枝是一种亚热带水果，生长环境平均温度需在20℃~30℃，所以夏季长、日照足，年降雨量在1500~1800毫米的岭南地区是荔枝的主要产区。苏轼虽然在物产丰富的蜀中长大，却似乎一直没有吃过荔枝。

直到公元1095年的四月，年近六十的苏轼，在遥远的惠州，才第一次吃到了荔枝。这种水果给他留下了深刻的印象，于是他写下了一首《四月十一日初食荔枝》：

南村诸杨北村卢，白华青叶冬不枯。

垂黄缀紫烟雨里，特与荔枝为先驱。

海山仙人绛罗襦，红纱中单白玉肤。

不须更待妃子笑，风骨自是倾城姝。

不知天公有意无，遣此尤物生海隅。

云山得伴松桧老，霜雪自困楂梨粗。

先生洗盏酌桂醑，冰盘荐此称虬珠。

似闻江鳐斫玉柱，更洗河豚烹腹腴。

我生涉世本为口，一官久已轻莼鲈。

人间何者非梦幻，南来万里真良图。

　　在岭南，杨梅卢橘会比荔枝先开花结果，所以诗人称它们是荔枝的先驱。而荔枝就像是一个肤如凝脂，穿着红色纱衣和大红罗袄，住在缥缈海上仙山的仙人。自从唐代杜牧的"一骑红尘妃子笑，无人知是荔枝来"诗句后，荔枝就成了妃子的陪衬。到今天亲自品尝了这种水果，才发现，荔枝本身就有着倾国倾城的绝世容姿。听说这种水果的味道能超过江鳐柱和河豚，苏轼说自己一生四处做官只为养家糊口，早就没有了故乡的莼鲈之思，没想到今天在这万里之外的南方还能品尝到这样美味的水果，看来被贬谪到这里也不是一件坏事。

这首诗整体的氛围轻松愉快，充满着品尝到了全新美味的喜悦。跟过去写春菜、咏海棠的诗中以物喻己、抒发抱负的情绪很不一样。乍看之下，让人觉得似乎此时东坡先生的生活还不错。

其实，就在这一年，他因为"讥讽先朝"的罪名，被宋哲宗贬到英州，也就是现在的广东英德。从中原到岭南，路途遥远崎岖，苏轼带着家眷在赴任的路上，还没等走到目的地，就又收到了朝廷贬谪的诏书，他又被贬到了更偏远的惠州，担任建昌军司马，惠州安置。这时的他已经不再是当年那个意气风发的三甲进士，他年近花甲，步履蹒跚。两任夫人早已过世，陪在身边的只有侍妾王朝云和儿子苏过。

像荔枝这样红彤彤、甜蜜蜜的水果，正能抚慰这几颗在困境中的心。这大概就是苏轼反反复复在诗词中写荔枝，写了足足有十八次的原因吧。但是命运于他是冷冰冰的，不论他多么热爱生活，也躲不开生活的磋磨。在惠州生活两年后，被苏轼视为红颜知己的朝云病逝。次年，苏轼再次被贬，这一次需要远渡海峡，去往当时极其荒僻的海南岛。

苏轼晚年追忆自己的一生，说："问汝平生功业，黄州惠州儋州。"对他来说，他一生的功绩不在礼部尚书，不在杭州通判，不在密州知府，而是在这三个他被贬谪的蛮荒之地，是带着自我调侃的意味，同时也真是因为曾经在这几个地方认真地寻找过生活中的美好之处吧。至少在惠州，在此时，他为主人端上来的这一盘荔枝倾倒，认为南来万里是不虚此行的，就够了。

作为夏日水果，荔枝真的是近乎完美。外形诱人，口感甘甜，除了外皮不太好剥外，似乎找不出其他缺点了。因此，不光苏轼爱荔枝，司马相如、杨贵妃、白居易都爱荔枝。最早记载荔枝的文学作品是司马相如的《上林赋》，不过那时候还不叫荔枝，叫"离支"。因为荔枝是一种非常娇嫩的水果，不仅对生长环境有特别高的要求，也非常不好保存，一旦被摘下离开了枝头，很快就会枯萎，变得没法食用。因此也催生了一些荔枝衍生食品，比如荔枝干、荔枝酒、荔枝香之类，"花先入酿仙人识，壳即调香内府知"说的就是荔枝，不光能酿酒，还要把壳做成日常使用的熏香，极具高雅情调。

不过再多的荔枝香气也比不上一口盈润弹牙的荔枝肉，为此唐玄宗专门修了一条驿道，把四川涪州荔枝园中的新鲜荔枝及时运到长安，让杨贵妃能第一时间品尝。这条驿道绵延千里，每二十里换一人，六十里换一马，昼夜不停，快马加鞭，把密封在竹筒中的新鲜荔枝送到大明宫的餐桌上。这便是杜牧诗中描绘的"长安回望绣成堆，山顶千门次第开"的场景。这条驿道似乎是大唐强盛国力的缩影，曾经盛极一时，极大方便了往来的官员商旅。在宋代被地理学家乐史写进《太平寰宇记》中，称作"荔枝古道"。直到今天依然能看到这条古道的遗迹。

苏轼到惠州后，一边感叹荔枝实在好吃，一边也为这段故事而唏嘘不已。运送荔枝路途遥远，条件苛刻，为了保证新鲜，必须在七天七夜内抵达长安，一路上劳民伤财，累死驿卒的事情时有发生，苏轼感慨说："我愿天公怜赤子，莫生尤物为疮痏。"他情愿上天没有创造出这样美味的水果，也希望百姓不再因此背上沉重的负担。

白居易则跟苏轼一样，是荔枝的"死忠粉"。他当时被贬到忠州做官，终于吃到了荔枝，惊喜万分，赶忙请人送了一些给自己的好朋友杨归厚，还告诉他，荔枝非常难保存，摘下来一天就会变色，两天就没有香味，三天口感就不好了。为了让杨归厚吃到新鲜的荔枝，自己是专门托人从水路运过去的。杨归厚吃了之后果然非常喜欢，决定要在万州种植荔枝，白居易知道后便嘲笑他："闻道万州方欲种，愁君得吃是何年。"等你现去种树，得何年何月才能吃上啊！

宋代之后荔枝古道逐渐废弃，便不再从涪州进贡荔枝。宋代都城东迁到开封，皇室食用的荔枝则来自福建。宋徽宗也非常爱吃荔枝。为了随时吃荔枝，徽宗让人从福建移栽了一盆荔枝树，没想到还真的在寒冷的开封活了下来，结出了少量果子。徽宗很高兴，还专门拿荔枝来赏赐臣子。南宋时期，朝廷南迁到杭州，水路运输日渐发达，福建的荔枝占据了临安水果的半壁江山，吃不完的还被做成蜜饯，通过海上丝绸之路卖到世界各地。

明清时期，荔枝依然稳坐贡品宝座。因为需求大和种植技术的提升，在珠三角地区还出现了种荔枝不种粮食的情况。荔枝的品种也逐渐增多，人们运用嫁接、杂交等手段不断改进口感，到了明代，广东、福建地区种植最多的品种是"状元红"，这个在宋代被视为珍宝的品种，因产量大，在那时已经成了"最下贱品"。

清代皇室也爱吃荔枝，每到荔枝上市的四五月份，便要走漕运运送十几盆荔枝树进京。但北京天气尚且寒冷，活下来的荔枝树产量也很少，又不能再像唐玄宗一样修一条劳民伤财的荔枝道，于是我们便在乾隆朝《哈密瓜、蜜荔枝底簿》的记录中看到了这样的情形："乾隆二十五年六月二十五日，交来荔枝二十个，随果品呈进。上览过，恭进皇太后荔枝一个，仍差首领萧云鹏进讫。赐皇后、令贵妃、舒妃、庆妃、颖妃、婉嫔、忻嫔、豫嫔、郭贵人、伊贵人、和贵人、瑞贵人，每位鲜荔枝一个。"也不知道这一颗荔枝，她们会在什么时候，怀着怎样的心情吃。

故人送我东来时，手栽荔子待我归。

荔子已丹吾发白，犹作江南未归客。

江南春尽水如天，肠断西湖春水船。

想见青衣江畔路，白鱼紫笋不论钱。

霜髯三老如霜桧，旧交零落今谁在。

莫从唐举问封侯，但遣麻姑更爬背。

公元1089年，身在杭州的苏轼写下了这首《寄蔡子华》，向好友诉说自己的思乡之情。据说，这株荔枝树是苏轼多年前回乡服丧后重新回京时，友人蔡子华种下的，两人约定，等到荔枝长成，他便回家了。原树在苏轼的家乡守望了近千年，没能等到游子归来，最终枯死。到了2007年，为了纪念这段往事，四川眉山三苏祠在这棵树的原址上重新栽种了一棵荔枝树，如今枝繁叶茂，硕果累累。

如果你有机会到眉山三苏祠拜谒苏轼，那就替东坡居士尝一尝这里的荔枝吧。

蔗浆酪粉金盘冷：夏日冷饮

7

凉茶

酸梅汤

木瓜汁

炎炎夏日，空调是拯救现代人的最伟大的发明之一。那么在古代，人们就只能忍受酷热天气的折磨吗？当然不是，古人其实也有很多消暑的方法，最普遍的一种方法就是吃冷饮。苏轼写过一首《四时词》，讲述了一位佳人一年四季的闺阁生活，其中关于夏日的部分是这样的：

> 垂柳阴阴日初永，蔗浆酪粉金盘冷。
>
> 帘额低垂紫燕忙，蜜脾已满黄蜂静。
>
> 高楼睡起翠眉嚬，枕破斜红未肯匀。
>
> 玉腕半揎云碧袖，楼前知有断肠人。

窗外垂柳投下树荫，日照时间变得很长，说明此时已经到了夏日。窗前小几上摆着冰镇的甘蔗汁和乳酪，窗外燕子和蜜蜂都在忙碌地飞来飞去。而房中午睡刚醒的美人却无心去享受这些夏日里的美食美景，她无暇顾及散乱的妆容，急切地站在窗前眺望，盼着能早点见到那个日思夜想的人归来的身影。

这首作品一共有四段，内容写得缱绻旖旎，和苏轼其他作品豪迈奔放的风格不太一样。句子使用的韵脚和宋诗常用的不符，所以有学者认为这是一首《木兰花令》。关于闺阁夏天的这段描写，不光衬托了一位闺中思妇在夏日午后的百无聊赖，也从侧面提到了甘蔗汁、乳酪这类在宋代比较流行的夏日饮品。

夏天喝饮料的习惯，在宋代已经非常普及。这些饮料在当时统称"凉水"，种类繁多，光是《东京梦华录》和《武林旧事》里提到过的就数不胜数。除了苏轼提到的甘蔗汁和乳酪，还有甘豆汤、椰子酒、鹿梨浆、卤梅水、姜蜜水、木瓜汁、沉香水、荔枝膏、金橘团、雪泡缩脾饮、梅花酒、五苓大顺散、紫苏饮……

在种类繁多的"凉水"中，有一种非常流行，叫作"熟水"或"香饮子"，就是用烘焙好的花草高温煎煮出来的花果茶。宋朝人把竹叶、稻叶或者橘子叶淘净，晾干，放到锅里稍微翻炒一下，然后烧开一锅水，放一小撮叶子进去，盖上锅盖焖一会儿，把叶子捞出来扔掉，再加点砂糖，最后把水装入瓦罐，吊进深井。这种饮料喝着健康且凉爽，还有一种淡淡的、纯天然的香味。

喝饮子的习惯由来已久，杜甫有一首诗叫《寄韦有夏郎中》，诗中就写道："省郎忧病士，书信有柴胡。饮子频通汗，怀君想报珠。"那时的饮子是日常饮品，也可以作为药剂使用，用柴胡煮水，能发汗治感冒。但饮子的药效和正经中药没法比，算是一种养生饮料，有枸杞饮、地黄煎、五术汤、杜若浆等口味。有点类似今天的广东凉茶。大约是商家广告打得好，这种饮料在唐代很受欢迎，据说长安西市有一家专门卖饮子的店，店里夜以继日地续柴烧水，长安城里的人们不论远近，都要来这家店喝上一杯。客人络绎不绝，应接不暇。

宋人的想象力和对美食的追求则更上一层楼，饮子成了夏日消遣时小吃的一种。比较流行的是紫苏饮子，明代高濂在《遵生八笺》中讲过紫苏饮子的做法："取叶，火上隔纸烘焙，不可翻动，嗅香收起。每用，以滚汤洗泡一次，倾去，将泡过紫苏入壶，倾入滚水。服之，能宽胸导滞。"实际上就是用烘焙过的紫苏叶子煮水，能解渴还有一定的养生功效。

不过在宋代，夏日凉饮子就不单单是为了解渴和养生了，吃冰品和冷饮的习惯逐渐普及到民间，成为一种流行的生活方式。宋代城市生活非常发达，和之前的汉代、唐代不同，城市里的经济、文化活动都十分频繁。尤其是北宋都城汴京和南宋都城临安，巅峰时期人口达到百万规模，是不折不扣的世界一流大都市。庞大的人口催生出发达的服务行业，饮食业尤其发达。汴京城内有七十二家大酒楼，提供各种餐饮服务，有的二十四小时营业，还有的提供外卖和厨师上门业务。饮品服务当然也是非常重要的，今天咱们出去逛街，走上几百米就能见到一个奶茶店，在北宋的汴京也差不多是这样的情形，不光有饮品小摊，甚至已经有了专门提供饮品的门店。

据史料记载，在北宋的开封府，共有三家大的饮品店，其中流传下名字的只有一家，叫作"曹家从食"。店主显然姓曹，店里主要经营的是"从食"，在宋代从食就是主食，例如包子、馒头、馄饨、馅饼。然而有心栽花花不发，无心插柳柳成荫，让这家店生意火爆名留青史的，并不是这些"从食"，而是他们种类繁多的"凉水"。

这家店有冰雪凉浆、甘草汤、凉水荔枝膏之类的。冰雪就是冰棍儿，制作方法不难，但是制作周期比较长，一般在冬天时候，把糖、果汁、果干之类的拌匀放在水中，再将水盆放在室外让它自然结冰。冰块会被储存在冰窖中，等到来年夏天就可以食用了。凉浆是一种发酵的米汤，有点像米酒，再加上冰块，在夏天里来上一杯，是闲暇时非常惬意的消遣。

凉水荔枝膏就很有趣了，虽然叫荔枝膏，却和荔枝没有任何关系，是用乌梅熬制的一种果酱，吃的时候挖出来一块放在碗里，用冰水冲开，就可以端给客人享用了，这种果酱兑水的饮品在宋朝也称为"渴水"。

"渴水"通常要加冰块，酸酸甜甜的更适合在夏日里劳作了一天的人们坐下来休息片刻，补充糖分，清凉解暑。而"熟水"则是现烧现喝，大概是有钱有闲的人更为青睐的饮料。当然，解暑究竟应该喝冰的还是喝热的，吃"渴水"还是喝"熟水"，从古至今一直争论不休。到今天，还有不少家长不许孩子在夏天吃冰激凌，担心吃坏了肠胃生病。

贪凉过度容易伤身，尤其对于上了年纪、肠胃偏弱的人来说。有人推测，苏轼最终病逝，就可能与过度贪凉有关。

宋哲宗登基后，苏轼再次因为反对新党被贬谪，一路从惠州贬到海南，直到宋徽宗登基，才赦免了苏轼，让他得以北归。

北归途中，苏轼给当时在真州（今江苏仪征）任职的米芾写信，期盼着能再次见到这位昔年好友。米芾很快回了信，两人久别重逢，畅叙款曲。苏轼住在真州白沙东园，正是盛夏时节，米芾冒着炎炎夏日给他送来了麦门冬饮子，于是有了这首《睡起闻米元章冒热到东园送麦门冬饮子》：

> 一枕清风直万钱，无人肯买北窗眠。
>
> 开心暖胃门冬饮，知是东坡手自煎。

元章是米芾的字，米芾比苏轼小十四岁，算是苏轼的门生，两人都是北宋有名的书法家，和黄庭坚、蔡襄并称为"苏黄米蔡"。多年未见，两人把酒言欢，彻夜长谈。但此时苏轼已经64岁了，加上舟车劳顿，便生病了。麦门冬饮子具有生津止渴的功效，对于苏轼来说，也是暖胃解暑的良药。

能与好友重逢，苏轼一定是非常开心的，也许两人不知不觉就喝了太多夏日冷饮，吃了不少冰棍儿和冰镇的果汁，这才导致苏轼肠胃不舒服，要靠麦门冬饮来暖胃。就在这首诗写完后没多久，苏轼就在常州去世了。他已经是一位年逾花甲的老人，在古代医疗条件下，被一场胃肠感冒夺走生命，也是很有可能的。

说了这么多，你可能会有疑问，古代是没有冰箱的，他们制作这些冷饮的冰从何而来呢？古人没有空调电扇，冰块是重要的降温工具。要保证夏天有冰块可用，就要在冬天去采冰和制冰。据记载，早在周朝，宫廷中就有了专门负责打冰、储冰的部门，做这种工作的宫人被称为"凌人"。每年十二月到来年一月最寒冷的时候，凌人会去河面、湖面上凿冰，把冰块封存到冰凉的地窖里，盖上树叶一类的隔热材料。或许你曾见过路边摆摊卖冰棍儿的人，会把冰棍儿放在泡沫箱子里，上面盖上厚厚的被子，也是利用了同样的物理原理来保证冰棍儿不化掉。

从周代直到明清，采冰一直是非常艰辛的工作。为了尽量保存更多冰块，采冰要在夜间进行，因为没经过日晒的冰块不容易融化。赶上冬天温度较高、冰层较薄的时候，还要在上面浇水，给冰块增加厚度。冬天存下的冰可能要用到来年的七八月份，考虑到夏天存储条件不能保证冰块完全不会融化，往往需要采集使用量的三倍。

冰的存储也很有讲究，为了保证低温，朝廷会修建专门的冰井来储冰。一般是在阴凉处挖一个很深的井，周围铺上棉被，保证冰块在夏天里尽可能地多保存一段时间。采冰存冰耗费巨大，民间普通人家很难承担，所以在唐代之前，民间很少藏冰。唐代《云仙杂记》中记载："长安冰雪，至夏日价等金璧。"夏天的冰块竟然能与黄金等价。

因为冰的采集和存贮效率很低，人们开始想办法制冰。有人偶然间发现，硝石溶于水的时候会吸收大量热量，使水结冰，于是发明了硝石制冰的方法。一般会使用一大一小两个盆，都装上水，小盆放在大盆里，保证小盆完全浸没在大盆的水中。之后在大盆的水中放入硝石，随着硝石和水发生化学反应，吸收掉大量的热量，小盆中的水就会结冰。这个方法在宋代被大量应用，街边饮品店会把小盆换成罐子，罐子中放着各种饮品，人们就可以在夏天随时喝到现做的冰镇饮品了。

站在普通人的视角，宋代的城市生活可以算是历代以来最为发达和丰富的，在中国城市发展史中，开封是第一个拥有大量小商小贩和娱乐场所的城市。汉唐城市有宵禁制度，唐代虽然繁荣，但城市规划时会用围墙划分里、坊，人为给城市划分出不同的区域。坊门定时关闭和开启，想要做生意和逛街，要在固定时间去东市和西市，这也就是今天我们说"买东西"的由来。

而宋代城市已经完全取消了围墙的限制，宋代皇室提倡节俭，皇宫占地面积远不及汉唐时期，给了城市非常大的发展空间。另外，宋代耕地的开拓、农业耕种的效率都有提升，类似甘蔗这样的经济作物的种植面积也开始增加。加上朝廷政策的改变，土地兼并市场开始形成，出现了很多大庄园大地主。农村地区出现大量没有土地的人口，这些人为了生存，只能进入到城市中求职谋生。

　　总的来说，宋代是一个市井生活非常丰富的时代，因为物产较前朝更加丰富了，很多之前只在王公贵族间流行的吃食也逐渐流入民间，比如甘蔗汁、牛奶和羊奶等乳制品，不仅营养价值高，还能制作出各种花样。城市里出现了不少普通人能负担得起的副食品，这也是苏轼能成为一个美食爱好者的原因之一。

　　宋代留下了大量的笔记小说，很多当时流行的夏日冷饮、消暑零食的做法都被记载下来，流传至今。如果有兴趣，可以自己尝试做一做，体会一下宋式夏天的感觉。

《清明上河图》卷（局部），北宋，张择端

北京故宫博物院 藏

夜饮东坡醒复醉：酿酒

果酒

8

红泥小火炉

苏轼爱喝酒，但酒量很差。他自己在《书东皋子传后》中说过，"天下之不能饮，无在予下者；天下之好饮，无在予上者。"就是说，全天下没有人比他更不能喝酒，但全天下也没有人比他更爱喝酒了。喝几杯就醉，只享受喝酒的过程，几杯酒下肚，诗兴和文兴更浓，下笔如有神助。东坡居士的不少好文章，就是这么写出来的，比如这首非常有名的《临江仙》：

夜饮东坡醒复醉，归来仿佛三更。家童鼻息已雷鸣。敲门都不应，倚杖听江声。

长恨此身非我有，何时忘却营营。夜阑风静縠纹平。小舟从此逝，江海寄余生。

这首词写在苏轼被贬黄州期间。这是一首很有趣的小词。夜幕降临，忙碌了一天的东坡居士坐在东坡自斟自饮，醉倒后又醒来，醒来后又醉倒。回家时夜色浓重，负责守门的家童睡熟了，怎么敲门都不来开门。无奈之下，东坡居士只能在门外听着江边的水声，等着天亮。

此时是苏轼被贬黄州的第三年。古代官员在被贬谪时算是罪人，不能随意走动，也不能辞官不干，甚至你的一举一动都要向地方官汇报。身不由己，前途一片迷茫，所以苏轼才会说"长恨此身非我有"。江水滔滔，静谧的夜晚引得人无限感慨。何时才能忘却这些世俗名利，乘一叶小舟，在烟波浩渺中去享受自在的余生呢？

苏轼在另一首脍炙人口的词中说："且将新火试新茶，诗酒趁年华。"饮茶、喝酒、作诗，这样平实的日常生活陪伴他度过了生命中的大部分时光。不论是金榜题名时还是银铛入狱时，诗和酒都能带给他最简单最纯净的快乐。

宋代餐饮业虽然发达，想在开封痛快喝酒却不那么容易。宋代实行酒的官营垄断制度，理论上是禁止民间私人酿酒贩酒的。想在开封卖酒，要取得许可证，拥有许可证的店被称为"正店"，在这里可以大大方方买酒喝酒；而私下里卖自酿酒的小店被称为"脚店"，这种店不能在明面上挂酒旗，只能私下卖酒。

官酒产量少，价格高，无法满足苏轼的需求。于是在左迁黄州后，他便开始研究自己酿酒。为此他写了一篇《饮酒说》，记录自己学习酿酒的过程，一开始"曲既不佳，手诀亦疏谬，不甜而败，则苦硬不可向口"。因为酒曲不对，技术也不熟练，酿出来的酒又苦又难喝。不过他心态很好，说这种酒中含着酸甜甘苦的滋味，喝了之后能醉人就可以了。至于来喝酒的客人喜不喜欢，那就跟我没有关系了。

话虽这么说，苏轼还是非常认真地学习酿酒技术，基本上他每到一个地方，就会研发一种当地的特色酒。

在黄州时他酿造的是蜂蜜酒，写了一首《蜜酒歌》：

真珠为浆玉为醴，六月田夫汗流沘。

不如春瓮自生香，蜂为耕耘花作米。

一日小沸鱼吐沫，二日眩转清光活。

三日开瓮香满城，快泻银瓶不须拨。

百钱一斗浓无声，甘露微浊醍醐清。

君不见南园采花蜂似雨，天教酿酒醉先生。

先生年来穷到骨，问人乞米何曾得。

世间万事真悠悠，蜜蜂大胜监河侯。

　　苏轼在小序中说，他在偶然间得到了西蜀道人杨世昌酿酒的秘方，用糯米、蜂蜜为原材料，放在罐子里发酵，第一天酿酒缸里的酒液开始像小鱼一样吐泡泡，第二天酒液清澈光亮，第三天打开酒缸居然闻到酒香。这甘浓的美酒清亮迷人，你看那南园中的蜜蜂像雨滴一样浓密，看来上天酿酒想要醉倒他！虽然他在黄州这里生活困顿，有时候想讨米都讨不到，蜜蜂却给了他这样的馈赠，这世间的事，怎么能说得好呢。

　　不过，据尝过苏轼蜂蜜酒的人说，这酒不仅不甜，喝了之后还导致了严重的腹泻。有人忍不住好奇，去问苏轼的两个儿子这是怎么回事，苏迈和苏过听了之后大笑不已，说其实苏轼就酿过一次蜂蜜酒，味道跟传说的完全不一样，想来可能是苏轼太心急，总是打开观察酒酿得怎么样了，导致酿造失败。喝了之后只是让人拉肚子，也算是不幸中的万幸了。

这次尝试不成功，并没有打消苏轼酿酒的积极性，反而让他更加热爱酿酒。58岁第二次到定州（今属河北保定市）做官时，苏轼用麦黍和松节作为原料酿出了中山松酒，这种酒在诗词中没有提到过，苏轼只为它写了一篇赋，据说采用了比较先进的蒸馏技术，口感甘甜微苦。

到了惠州后，因为惠州气候温暖、物产丰富，苏轼一口气研发了四五种酒，有用桂枝酿造的桂酒；用白面和糯米酿造的"真一酒"；单用糯米酿造的黄酒"罗浮春""万家春"。后来到了海南儋州，又尝试了用天门冬汁搭配粮食酿造天门冬酒。

酒是人类最古老、普及性最高的饮品，不管是从流传时间还是传播范围，酒都覆盖了整个人类发展的历史。中国古代的酒大概分为三种，比较常见的是以各种谷物为原材料，加上酒曲发酵酿造的黄酒，还有以葡萄酒为代表的水果酒，以及混入一些草药，具有一定的养生、药用功效的药酒。

在苏轼的诗文中，提到最多的当数各种米酒、黄酒，前面提到的"真一酒""罗浮春""万家春"都属于这个类别。古代文献中，最早记录酿酒技术和方法的，是写于北魏时代的《齐民要术》，在这个时代，酿酒技术已经非常完备。到北宋时期，还出现了关于酿酒的专著《北山酒经》。在唐代之前，中原地带已经出现了不少味道醇美、酒性浓烈的名酒，最有名的叫"桑落酒"，传说出自一位名叫刘白堕的酿酒匠之手。自魏晋到唐代，这种酒都非常受欢迎。《洛阳伽蓝记》记载，有一位刺史带着桑落酒去上任，路上遇到了土匪劫道。土匪喝了他带的酒，当即醉倒，皆被擒获。因为这个故事，桑落酒后来也被称为"擒奸酒"。到了唐代，这酒进入了皇宫，成为皇家宴会的必备品，唐玄宗还把这种酒赏赐给安禄山。苏轼也尝过桑洛酒，同样是在惠州，写下了"枇杷已熟粲金珠，桑落初尝滟玉蛆"的诗句。

苏轼酒量差，喜欢喝度数不高的果酒，如椰子酒、用黄柑酿造的"洞庭春色"酒，还有葡萄酒。果酒在宋代之前是比较少见的，人们常喝的只有葡萄酒。"葡萄美酒夜光杯，欲饮琵琶马上催"，从汉代张骞通西域带回葡萄酒后，葡萄酒就带上了浓浓的异域色彩。汉代中原地区开始种植葡萄，但没有用来酿酒，所以葡萄酒是很珍贵的稀罕物。汉灵帝时期，宦官专权，有人给中常侍张让送了一樽葡萄酒，就给自己换来了梁州刺史的官职，可以说是一酒值千金了。

唐太宗时期，葡萄酒的酿造技术传入了中原，唐人开始自己酿造葡萄酒。刘禹锡的《葡萄歌》记载了时人种植葡萄、用葡萄酿酒的过程："自言我晋人，种此如种玉。酿之成美酒，令人饮不足。"种植规模不断扩大，葡萄酒造价降低，逐渐普及，到了宋代葡萄酒才不再是王公贵族的专享了。

说起对待酒的态度，宋代文人普遍没有唐代奔放豪迈。苏轼是宋词豪放派的代表人物，酒在他的诗文中更多的是一种附属品，是推动他思考宇宙万物的催化剂。酿酒也只是个人爱好和打发时间的消遣。唐人则不同，似乎个个都是杜康再世、刘伶转生。杜甫写《饮中八仙歌》里面提到了贺知章、李适之、汝阳王李琎、崔宗之、苏晋、李白、张旭、焦遂八个人对酒的痴迷之态，所以叫作"饮中八仙"。因为酒文化盛行，唐代达官贵人家里往往会有自酿酒，逐渐发展出了一批有口皆碑的家酿好酒。唐初宰相魏徵家里就擅长酿酒，酒名叫"翠涛"，连唐太宗都写过诗称赞。还有焦革家酿酒、汝阳王李琎家酿酒、白居易家酿酒等。

唐宋时期气候温暖，粮食产量高，自然就有大量富余的原材料可以用于酿酒。到了唐代后期，朝廷看到私酿酒市场繁荣，利润丰厚，有意掌控酿酒业，增加税收，于是禁止了私人酿酒。但禁令效果不佳，后来也便不了了之。直到宋代，朝廷延续了唐代禁止民间酿酒的规定，给酒店发放官方经营的许可证，这才有了"正店"和"脚店"之分。不过因为朝廷时不时颁布禁酒令，加上各种饮子、茶水的兴起，喝酒在宋代的热度远远比不上唐代。

苏轼喝酒远不如李白、白居易那样豪放，但他对酒的热爱是毋庸置疑的。苏轼现存两千八百多首作品中，含有"酒""饮"或"醉"等字样的多达六百五十九篇，约占其诗歌总数的五分之一。正因为有了酒，才能有"明月几时有，把酒问青天""寄蜉蝣于天地，渺沧海之一粟"的千古绝唱。

晚年的苏轼谪居惠州，更能体味人生真正的乐趣，在他看来，施药于人、请客饮酒是人生的两大乐事。看到生病的人拿到药解除病痛，看到朋友来家里喝到了自己酿的好酒，他心中的安宁和满足无可比拟。

在夏日夜晚，约上三五好友，在夜空下喝酒，谈天说地，吹风看景，还有什么比这更闲适呢？

《后赤壁赋图》卷（局部），南宋，马和之

北京故宫博物院 藏

青浮卵碗槐芽饼：

槐叶冷淘

9

槐叶冷淘

　　夏天炎热，不想吃饭，这种烦恼不光现代人有，在没有空调和电扇的古代，人们受暑热影响更大。唐代时气候本就炎热，冰块又只是有钱人家才有条件使用的，普通人的"苦夏"名副其实。杜甫就写过诗吐槽："七月六日苦炎热，对食暂餐还不能。"太热了，热得根本吃不下饭。

　　比较起来，宋代就幸福多了，一来气候逐渐转冷，夏天温度没有那么高，二来宋代物产丰富，可以自家存冰块，可以上街买冷饮，实在热得不想出门，饭店还能把好吃的送货上门。

　　除了冷饮，宋代人还有其他冰冰凉凉的小吃打开夏天的味蕾，苏轼就吃过一种"槐叶冷淘"。

> 枇杷已熟粲金珠，桑落初尝滟玉蛆。
>
> 暂借垂莲十分盏，一浇空腹五车书。
>
> 青浮卵碗槐芽饼，红点冰盘藿叶鱼。
>
> 醉饱高眠真事业，此生有味在三余。

熟透的、金灿灿的枇杷摆在桌上，桑落酒上浮着洁白的酒花（苏轼认为打开新酿的酒时，浮在表层的酒花看起来很像蛆虫，大概在宋代这种描写并不会让人觉得生理不适）。今天暂时借用你的垂莲盏，痛饮一番，来浇空有满腹经纶的胸中块垒。碗中盛放的槐芽饼浮现一抹青色，光洁如冰的盘子装上藿叶鱼，呈现点点绯红。在这里吃饱喝醉才是我的正经事，此生最美的就是这闲暇时光。

这首诗里处处透出夏日的气息，诗的名字叫作《二月十九日携白酒鲈鱼过詹使君食槐叶冷淘》，写于宋哲宗绍圣二年（1095），苏轼被贬到惠州，在这里见到了他的头号粉丝詹范，也就是诗中提到的詹使君。二月十九日在中原地区还是早春，在位于岭南的惠州，已经是一片夏日景象。

此时的苏轼已经年近六十，比起当年因乌台诗案被贬黄州时，他的心态更加成熟和平和，真正成为享受生活、超脱物外的东坡居士。这位和他一起把酒言欢的詹使君同样如此，苏轼是戴罪之身被贬岭南，宋哲宗给他的评价是"罪恶滔天"。詹范却能不顾世俗的眼光，以挚友之心待此时落魄的苏轼，也让苏轼非常感动，说"詹使君，仁厚君子也。极蒙他照管，仍不辍携具来相就"。

他们吃了什么好东西呢？从诗中看来，有枇杷、桑落酒、鲈鱼和槐叶冷淘。槐叶冷淘究竟是什么，在后来的一段时间里是存在争议的。最初提到槐叶冷淘的文学作品，应该是杜甫的一首《槐叶冷淘》：

> 青青高槐叶，采掇付中厨。
>
> 新面来近市，汁滓宛相俱。
>
> 入鼎资过熟，加餐愁欲无。
>
> 碧鲜俱照箸，香饭兼苞芦。
>
> 经齿冷于雪，劝人投此珠。
>
> 愿随金騕褭，走置锦屠苏。
>
> 路远思恐泥，兴深终不渝。
>
> 献芹则小小，荐藻明区区。
>
> 万里露寒殿，开冰清玉壶。
>
> 君王纳凉晚，此味亦时须。

这首诗描绘了槐叶冷淘的原料和制作过程，这种食物要采来新鲜的槐叶，用最近上市的新面来制作。后来人给杜甫的诗做注解的时候，大概是没吃过正经的槐叶冷淘，也对做饭的事情并不熟悉，便认为槐叶冷淘就是用槐叶汁和面，做成面条，最后拌上作料吃的凉面。

这种说法影响深远，很多饮食研究的文章、书籍中都采用了这个说法来说明槐叶冷淘这种食物是什么，并认为今天的菠菜拌面就是当时人们所说的槐叶冷淘。散文大家梁实秋在读杜甫诗的时候点评过槐叶冷淘，他认为槐叶冷淘可能就是面条过凉水，叫冷淘是为了区别于那种煮熟了就捞上来马上吃的"热锅挑儿"。

槐叶冷淘当然也是一种面食，但和面条并不是一种东西。唐宋时期，人们也吃面条，但通常会把面条叫作"汤饼"。《唐六典·光禄寺》中说："太官令夏供槐叶冷淘。凡朝会燕飨，九品以上并供其膳食。"可见这是一种皇宫里宴会时提供的食品，要九品以上的官员才有资格享用。还特别提到"冬月量造汤饼及黍臛，夏月冷淘、粉粥"，由此可见，煮熟的热面条是冬天里常吃的食物，冷淘和粉粥类似，是在夏天里专供的食物。

唐宋时期，"淘"是一种制作食物的方法。《齐民要术·飧饭》中记载了"治旱稻赤米令饭白法"："莫问冬夏，常以热汤浸米，一食久，然后以手接之，汤冷泻去，即以冷水淘汰，接取白乃止。"淘之前要先用热水浸泡稻米，浸泡透了之后，用手反复揉搓，再用冷水淘洗。反复淘洗后沉淀下来的淀粉和米粉，就可以用来做冷淘。

结合杜甫诗中的描写，可知槐叶冷淘颜色碧绿鲜亮，表面光洁能映照出吃饭人的筷子，普通的面条肯定不是这样的。吃入口中，经过牙齿的时候，比雪还要凉，那一定是经过冰块或者放在冰窖里冷却过的，普通过凉水的面条一定达不到冰牙齿的效果。结合这些特点来推断，槐叶冷淘的做法大概是用槐叶煮水，过滤掉渣滓后，加入米粉或淀粉熬煮成浆，放凉后凝固成块状，也可以放在冰窖或者冰鉴里加速冷却。做好的槐叶冷淘鲜翠冰凉，入口即化，就跟今天陕西的米皮、四川的凉粉差不多。放在碗里拌上醋和酱可以直接食用。

冷淘在宋代很流行，有各种吃法，加入了槐叶便是槐叶冷淘，加入菊花就是菊花冷淘，本质上是同一种食物，只是口味不同。作为一款夏日小吃，主打的就是冷食，因为口感比较凉，自然有人喜欢有人不喜欢。北宋著名的宰相富弼就很喜欢吃冷淘。他还是个举人的时候，跟欧阳修关系很好，经常去欧阳修家玩。欧阳修夫人的乳母是个手艺很好的厨娘，最会做冷淘，富弼很喜欢吃。哪一天这位老妇人早晨起来吩咐厨房准备做冷淘的食材，这一天富弼就一定会来。欧阳修对此很惊异，就问乳母如何知道富弼什么时候来。乳母说，因为自己年纪大了夜里睡不着，每次夜里听见宅子周围有车马喧嚣的声音，第二天富弼一定会来，如果是个安静的夜晚，富弼就不会来，时间久了就掌握了规律。

不爱吃冷食的人就对冷淘不感冒了，苏轼的弟弟苏辙就很不喜欢，觉得"冷淘槐叶冰上齿"，看来他的牙口不太好，吃多了凉的会牙疼。

杜甫算是槐叶冷淘的"带货"鼻祖，因为他写了这首《槐叶冷淘》诗，宋人都特别爱吃槐叶冷淘。梅尧臣在诗中说："我意方同杜工部，冷淘唯喜叶新开。"槐叶刚长成，就要第一个尝鲜。还有人说"槐叶今朝得饱供"，喜悦之情溢于言表。陆游则说："佳哉冷淘时，槐叶杂豚尖。"冷淘搭配猪肉吃，也算创新。陆游还发明了用皂角树的嫩芽做冷淘的吃法，也不知道口感如何。幼嫩的甘菊叶子也是做冷淘的材料之一，还有人把鲜笋搭配冷淘一起吃，别有一番滋味。

在美食上极具创新精神的苏轼并不满足于吃普通的槐叶冷淘。他把做冷淘的方法应用到做面食里，发明了"翠缕冷淘"：采下新鲜的槐叶后，研磨出新鲜的菜汁，用这种菜汁加水和面，这样和好的面是翠绿色的，再擀薄切成条，下水煮熟，盛出来后用凉水降温，拌上浇头就可以吃了。这种吃法跟今天的凉面相似，但已经不能称为冷淘，应该算是汤饼的一种了。

这种吃法影响到了后来人的饮食习惯。南宋林洪写的食谱《山家清供》里，提到了各种"自爱淘"，就是指各种口味的凉面，先把葱在热油里爆香，用切碎的菜末、豆腐等调好浇头，捞出煮熟的面条过凉水，最后浇上热葱油和菜末，既能开胃还有营养。

《东京梦华录》记录了市面小吃摊上卖翠缕面的场景。当时人们对口味要求很高，"稍似懈怠，众所不容"。槐叶冷淘和汤饼是严格区分的。到了元代，人们逐渐把汤饼叫成面条，冷淘也叫成冷淘面，两者之间的区别就不那么大了。到了明代，冷淘逐渐成为面食的一种，这才使得今天的人们混淆了真正的冷淘和凉面。

冷淘这个叫法今天已经不再使用了，不过炎炎夏日里能开胃饱腹的冷食越来越多。我们可以自己制作各种水果口味的冰粉，搭配上新鲜的水果块，营养又美味。觉得凉粉不过瘾，还可以自制酸奶水果捞、宜宾凉糕、烧仙草奶茶等各种各样的夏日甜品。今天我们能使用的食材丰富了很多，超越了时间、空间对食物原材料的限制。但有很多今天仍在使用的加工食物的方法，是和古人一脉相承、源远流长的。

历史上，有很多苏轼这样热爱美食的人，在历史长河中不断探索创新，开拓新领域，并且把他们的思考和发现记录下来，流传至今，成为我们生活的参考资料。隔着几百上千年的光阴，我们还能吃到同样做法的食物，喝到同样口味的饮品，绞尽脑汁去体会他们写下这些诗文时的情绪，这也是"吃货"的幸运吧。

吴姬三日手犹香：
吃水果喽

10

西瓜

明代文人曹臣写了一本笔记小说，叫《舌华录》，取"舌根于心，言发为华"的意思，专门记录从汉代到明代，关于文人墨客们过人口才的小故事。其中有一篇记录了苏轼的一副对联。

苏轼有一次去别人家做客，主人摆了非常丰盛的筵席招待宾客。饭吃到一半，苏轼有点事情要提前离席，就去跟主人告辞。主人觉得非常不舍，想劝苏轼留下来继续吃，于是指着桌上的水果出了个上联："杏枣李，且从容。"语带双关，含有杏、枣、李子三种水果和苁蓉这味中药，同时也是劝客人，时间还早，从容一些，别那么着急回去嘛！

身为"唐宋八大家"之一的苏轼自然才思敏捷，也看了看桌上的水果，马上对出了下联："奈蔗柿，须当归。"奈是苹果，甘蔗和柿子是宋代人常吃的，当归也是很常见的药材。这副对联用词工整，语带双关，非常有趣，流传很广。

故事的真实性我们不得而知，但从中可以看出，宋代人的筵席上，水果可是真不少。汴京七十二家高级酒楼，每家的餐桌上都能看到水果的影子。"凡酒店中不问何人，止两人对坐饮酒，亦须同注碗一副，盘盏两副，果菜碟各五片，水菜碗三五只"，从《东京梦华录》中的描述上看，水果是在饭店堂食的标配，像是今天吃烤肉会赠送的水果拼盘。

宋人爱吃水果，宋代文人也喜欢把水果写到诗词里。以苏轼为例，他的诗文中提到过桃、李子、梨、杏、枣、樱桃、木瓜、石榴、葡萄、龙眼，晚年被贬谪海南的时候，还品尝了椰子。前文我们说过，苏轼最爱的水果是荔枝，除荔枝之外，他诗文中提到最多的水果则是橘子。如这首《浣溪沙》：

> 几共查梨到雪霜，一经题品便生光，木奴何处避雌黄。
>
> 北客有来初未识，南金无价喜新尝，含滋嚼句齿牙香。

这里用梨和山楂做对比，认为橘子品格高尚，经过文人的品鉴和歌颂，就更加熠熠生辉。傲雪凌霜的品格，一般会被拿来歌咏梅花和松柏，用来歌颂橘子，是苏轼的独特品位。下阕描写了橘子的味道，北方来的客人一开始不认识橘子，尝了之后，连连惊呼"南金无价"，这金灿灿的橘子简直像黄金一样是无价之宝。

《晏子春秋》中说："橘生淮南则为橘，生于淮北则为枳。"对于从小只见过干瘪酸涩的枳的北方人来说，这种色泽金黄，咬一口溢汁流香的柑橘，不是无价之宝又是什么呢？

橘子和荔枝一样，是土生土长的中国水果，在中国有着四千年的种植历史，产地从长江中游到长江下游，遍布半个中国。历朝历代的人们不断嫁接改良品种，到宋代时橘子已经有了丰富的品种。宋人韩彦直写了《橘录》，认为橘类植物家族可以分为柑、橘、橙三大类，每一类下面还有若干品种。不同品种成熟的时间不同，这样人们一年四季基本上都能吃到水果。在宋代绘画作品中，能看到柑橘成片种植的场景，正像苏轼诗里说的："一年好景君须记，最是橙黄橘绿时。"

中国最好的橘子产地在"洞庭"，至于这个洞庭到底是湖南洞庭湖还是江苏洞庭山，不同地方的人有不同的说法。关于洞庭归属的争论古已有之，唐代人豪放阔达，干脆说洞庭是泛指，从湖南到江苏都是橘子原产地。到了宋代人们便开始较真，各执一词，谁也说服不了谁。

前面我们讲苏轼酿酒，提到过他自酿的"洞庭春色"，这酒不是他的原创，而是北宋的安定郡王发明的，酒的原材料是黄柑，也是柑橘类的水果。苏轼非常喜欢这种酒，给酒作了赋，提到很多太湖地区的典故，由此可以推断，在苏轼看来，这个"洞庭"指的是江苏的太湖洞庭山。

宋代城市规模大，经济活动频繁且发达，尤其到了夏天，对水果的需求尤其大。江苏一带所产的柑橘经水路、陆路源源不断运送到汴京，成为人们消夏的好伴侣。看到水果销量好，人们纷纷开始种植柑橘、葡萄、荔枝之类的经济作物。在很多不够平坦的、无法耕种粮食的地方，人们种上各种果树，既增加了土地利用率，也增加了收入。

水果供应量充足，便有了专门从事水果贩卖的生意人，还出现了水果专营店——果子行。南宋人苏象先经常听祖父讲当年在汴梁的日子，把这些见闻写在了笔记小说里。他写道，在汴梁的一条小巷子里，有数十户人家从事锤取莲子肉的营生。夏日莲蓬成熟后，被大量采摘下来，把其中的莲子取出剥好，在水果摊上售卖。每年夏末的时候，会有专门的水果商委托他们锤取百十车莲子，这些莲子会就近运到城里的果子行，卖给来往的行人。

水果易腐烂，损毁率高，为了保证卖相，小贩们想了各种办法。卖李子一类的果实，必须最大程度保证果子的完整。在摊位上要打一把青布伞，防止太阳过大，把水果晒坏。有条件的人家会用冰块给水果保鲜，或者直接放在冰凉的井水中，我们在诗文中看到的"浮瓜沉李"就是一种最常见的冰镇水果的方法。

不过，宋代的"浮瓜沉李"中的瓜，和我们今天认知里的瓜有点不太一样。对我们来说，夏天里的一口冰西瓜是顶级的享受，鲜红甘甜的西瓜汁更是消暑神器，还可以做西瓜酸奶、西瓜冰棍儿等好吃的甜品。大部分北宋人是没有这种口福的，因为在北宋时期，西瓜还没有在中原广泛种植，那时人们常说的瓜，一般指甜瓜和木瓜。

其实早在五代十国时期，西瓜就已经传入中国北方，据说是契丹人打败回纥人的时候，从回纥人生活的地方缴获来的。契丹人用牛粪覆盖在大棚上，种植出了像冬瓜那么大的瓜，就叫作西瓜。这是中国古代第一次提到西瓜这个名称。当时西瓜的品种口感虽然甜，但水分和食用的部分远远不及今天，所以在后来的两百年间，西瓜并没有在中原地区被广泛种植。

直到南宋时期，公元1143年，距北宋灭亡已经过去了十六年，被金人扣留了十五年之久的南宋使臣洪皓终于艰难地回到了临安朝廷，还随身带回来了一包西瓜种子。从此，西瓜在江南地区生根发芽，广泛种植，中原人的夏天也有了西瓜相伴。

水果易腐烂变质，卖不掉吃不了的水果也不能浪费，会被做成果干、果脯、蜜饯等副食品，进入各大酒楼供人们品尝。

最常见的水果加工方法是干制，通过自然风干、人工烘干或者炒干的方法脱水而成。东京汴梁的市场上，可以看到梨条、梨干、梨肉、胶枣、枣圈、梨圈、桃圈等。商家会用盐水、灰汁浸泡，有的还会在上面加上一些酒水，做出来的成品可能像今天的醉枣。李子和白梅要用盐渍之后晒干，乌梅一般用烟熏的方法蒸发水分，柿子可以用火烤。水果干制之后变成果干，可以用来下酒或者当羹汤的配料。

把卖剩下的品相不那么好的果子挑出来洗干净，放上糖或蜂蜜腌制，就能做成甜滋滋的果脯。樱桃、荔枝、橘子、木瓜、桃、李子等水果都可以做成蜜饯，既好吃又容易保存，在宋代也十分受欢迎。

水果产量高品种多，普通人对水果的消费也就相应提高。不光夏天，一年四季的节日都是宋朝人大量购买品尝水果的时节。元宵灯会是年初最热闹最重要的时候。月上柳梢头，人约黄昏后，就连深闺里的女孩子在这一天也要上街游玩。这时的汴京街头，水果商人们早就预备了各地的名贵水果，温州的永嘉柑、江西的金橘都是此时的明星产品，很受北方人的喜爱。每年流行的水果不同，市面上主推的产品也不同，看来在宋代商人们就已经学会了打造和销售"网红产品"了。

农历四月过后，步入夏初，新鲜水果开始上市。桃子、李子、杏和绵苹果会在这时大放异彩。南宋都城临安（今天浙江省杭州市）靠海，水运发达，福州的荔枝从海上运来，量大还新鲜，一直能吃到八月，有足足三个月的时间，像苏轼那样"日啖荔枝三百颗"也不是什么难事。六月天气炎热，除了荔枝外，梨、李子、枇杷、甜瓜等都大量上市，是一年中水果最丰盛的时节。

七月乞巧节，柿子、枣、葡萄等水果也要加入市场竞争了。街头巷尾飘荡着不断的叫卖声，那些专门卖给有钱人家的水果，会用精美的金盒盛放；普通人家消费没那么张扬，就用新鲜的小荷叶包裹着，系上小红绳，还搭配有麝香，这一份卖十文钱，很多人会买来去送礼。可见早在那个时候，商家就在商品外包装上花费不少心思了。

到了八月十五中秋节，很多新酿的酒上市，石榴、葡萄大量成熟，正好拿来搭配，和家人朋友一起赏月、饮酒、吃水果，那些纷纷扰扰的忧愁，也就暂时抛在脑后了。

《西园雅集图》卷（局部），南宋，刘松年

台北故宫博物院　藏

菊残犹有傲霜枝：

食菊

11

菊花饭

菊花糕

菊花叶炒菜

菊花酒

　　战国时期，屈原在郁郁不得志时写下《离骚》，开创了中国文人以"香草美人"自喻的传统。"朝饮木兰之坠露兮，夕餐秋菊之落英"，屈原的本意是以木兰和菊花的高洁比喻自己志向远大，未必是真的要喝木兰坠露，吃菊花落英。后来的《神农本草经》里，把菊花归入上药之一，"菊花，久服利血气，轻身，耐老延年"，具有很高的药用价值。从此菊花不仅进入了文人的视野，也被端上了人们的餐桌。

　　苏轼很喜欢菊花，写过很多咏菊花的诗文，后人还编排了他和菊花的故事。说早年苏轼去拜访当时的宰相王安石，王安石正好不在，仆从就请苏轼到书房去等。书桌上放着王安石写了一半的诗，苏轼闲来无事，就翻看起来。看到两句诗写的是："秋风昨夜过园林，吹落黄花遍地金。"心中暗笑，这王相公当年也是下笔千言洋洋洒洒的才子，怎么今日写的诗如此没有常识，秋风吹过，可能会吹下落叶，但菊花花瓣是不会落的。于是提笔续了两句："秋花不似春花落，说与诗人仔细吟。"

回去之后没多久，苏轼被王安石贬官去了黄州。苏轼思来想去，猜测是这两句诗得罪了王安石，在心中暗骂王安石小心眼儿。等他到了黄州上任，见到黄州的一种菊花，到秋风过时满地落英，真应了那句"吹落黄花遍地金"，这才明白，原来没有见识的是自己，王安石是让他到黄州来见见世面。这种菊花叫作"落瓣菊"，是非常稀有的品种，只有黄州能见到，所以王安石才会找借口把苏轼贬官到黄州去。

这故事当然是后人杜撰的，苏轼贬官黄州时，王安石早已不是宰相，他贬官的原因是宋神宗认为他在一些诗文中"讥讽朝廷"。这些作为证据的诗文中，就有一篇和菊花有关的《后杞菊赋》：

序

天随生自言常食杞菊。及夏五月，枝叶老硬，气味苦涩，犹食不已。因作赋以自广。始余尝疑之，以为士不遇，穷约可也。至于饥饿嚼啮草木，则过矣。而予仕宦十有九年，家日益贫。衣食之奉，殆不如昔者。及移守胶西，意且一饱。而斋厨索然，不堪其忧。日与通守刘君廷式循古城废圃求杞菊食之。扪腹而笑。然后知天随生之言可信不谬。作《后杞菊赋》以自嘲，且解之云。

"吁嗟! 先生，谁使汝坐堂上，称太守! 前宾客之造请，后掾属之趋走。朝衙达午，夕坐过酉。曾杯酒之不设，揽草木以诳口。对案颦蹙，举箸喈呕。昔阴将军设麦饭与葱叶，井丹推去而不嗅。怪先生之眷眷，岂故山之无有?"

先生听然而笑曰："人生一世，如屈伸肘。何者为贫，何者为富? 何者为美，何者为陋? 或糠覈而瓠肥，或粱肉而墨瘦。何侯方丈，庾郎三九。较丰约于梦寐，卒同归于一朽。吾方以杞为粮，以菊为糗。春食苗，夏食叶，秋食花实而冬食根，庶几乎西河南阳之寿。"

　　这篇赋叫《后杞菊赋》，是因为唐代的陆龟蒙写过一篇《杞菊赋》，苏轼《后杞菊赋》序里的"天随生"指的就是陆龟蒙。苏轼当时在密州（今山东诸城）当太守，赶上当年天灾严重，收成欠佳，苏轼又俸禄微薄，连填饱肚子都成了问题。陆龟蒙在文章里说自己爱吃枸杞和菊花，哪怕到了五月夏天，菊花枝叶早就老了，味道也很苦涩了，也要家人采来煮了吃。苏轼初读文章时以为陆龟蒙生活穷困，只能吃草木充饥。

　　而此时，苏轼入仕十九年，家里越来越穷，只能和人一起去城墙上转悠，挖菊花吃，然后拍着肚子大笑。这时体会到了陆龟蒙爱吃菊花，并非因为穷困没吃的，而是别有一番趣味，所以写了这篇赋，一吐胸中块垒，也是为陆龟蒙正名。

　　这篇小赋写得简短有趣，和苏轼其他赋相似，也是用的一问一答结构。先是客人问先生：你在这里做太守，身边想要请你吃饭的人不少，你怎么一杯酒也不喝，就只是吃这些草木花叶？难道是你家乡没有这样的草木，所以才情有独钟吗？先生回答：人生在世应当能屈能伸，吃得丰盛也都是过眼云烟，到头来免不了一死。以枸杞菊花为食，春天吃苗、夏天吃叶子、秋天吃花和果实、冬天吃根，也许还能更长寿呢。

这其实是苏轼写来自嘲，苦中作乐的小文，也包含了一些哲学层面的思考，贫穷和富有、美丽和丑陋，标准何在呢？令人没想到的是，这篇蕴含了哲思的文章，被说成是对朝廷新政不满，暗中讥讽，导致后来苏轼遭遇无妄之灾，锒铛入狱。

苏轼吃菊也许是无奈之举，但其实在古代，尤其是唐宋时期，吃菊花是一种很常见的做法。古代文人赋予菊花高洁的品格，与菊相伴是一种超脱世外、不慕名利的象征。同时，菊花可以入药，被认为多吃能够延年益寿。三国魏晋时期，玄学盛行，人们热衷于修习养生之道，就格外推崇菊花。

魏人钟会认为"菊英乃神仙之食"，魏文帝曹丕酷爱食菊养生，还经常以菊花赏赐近臣。他在《与钟繇九日送菊书》中说："故屈平悲冉冉之将老，思餐秋菊之落英，辅体延年，莫斯之贵。请奉一束，以助彭祖之术。"他觉得屈原吃菊花不仅仅是在表明自己的志向，也是为了养生，所以希望钟繇也像屈原那样餐菊以防老。晋人傅玄的《菊赋》中有"服之者长寿，食之者通神"的句子。

菊花的烹饪方法很多，凉拌、蒸煮、做点心、做酒、泡茶都可以。比如陆龟蒙，他是真的很爱吃菊花，尤其爱吃叶子。他家房前屋后种了很多菊花，平时把菊花叶当下酒菜。

南宋时的张栻模仿苏轼又写了一篇《后杞菊赋》，说他经常让厨师炒菊花叶吃，非常喜欢这种芳香的口感，吃了这个食量大增，别的菜都不爱吃了。

菊花是秋天的时令佳肴，唐宋人的秋天不能没有菊花。《梦粱录》里记载，重阳节的时候，人们会把茱萸和菊花放在酒里一起喝下去，茱萸用来辟邪，菊花则能延年益寿。重阳节的街上，人们头上插着菊花，手中捧着茱萸，登高望远，喝着菊花酒，吃着菊花糕，还要赏着盛开的菊花，菊花的利用率达到了百分之百。

宋代的《全芳备祖》对菊花的食用价值进行了非常详尽的记载，说菊花"所以贵者，苗可以菜，花可以药，囊可枕，酿可以饮。所以高人隐士篱落畦圃之间，不可一日无此花也"。宋末元初郑思肖的《餐菊花歌》"道人四时花为粮，骨生灵气身吐香。闻到菊花大欢喜，拍手歌笑频颠狂"写出了对菊苗的热爱。

苏轼热爱养生，也对菊花的药用价值非常认可，写了一首《小圃五咏·甘菊》，把甘菊和人参、地黄、枸杞、薏苡这几种植物放在一起，论述吃它们的好处：

越山春始寒，霜菊晚愈好。

朝来出细粟，稍觉芳岁老。

孤根荫长松，独秀无众草。

晨光虽照耀，秋雨半摧倒。

先生卧不出，黄叶纷可扫。

无人送酒壶，空腹嚼珠宝。

香风入牙颊，楚些发天藻。

新荑蔚已满，宿根寒不槁。

扬扬弄芳蝶，生死何足道。

颇讶昌黎翁，恨尔生不早。

院子里的菊花被秋雨吹倒，正是用菊花下酒的时候了。可惜没人送酒过来，苏轼只好空嚼菊花，依然觉得香风入齿。看来苏轼吃甘菊的方式非常简单直接，完全不经过任何烹饪手段，只吃甘菊最原本的味道。

南宋食谱《山家清供》里记录了菊的吃法。菊有两种，一种花茎是青色，味道比较苦，这种菊不好吃。另一种花茎是紫色的，味道甘甜的菊花，叫紫英菊。这种菊花的花瓣可以用来煮粥，粥会有缕缕清香。

春天可以吃菊花的嫩芽。把油锅烧热，采下来的菊花嫩芽稍微翻炒一下，放上姜、盐，加水煮，就能做出一碗菊花羹。菊花生命力顽强，完全不用担心春天嫩叶被采摘得太多就不长了，掐掉的嫩芽越多，新长出来的枝条就越多，将来能开的花也就越多。杨万里专门写诗教人如何吃菊花："种菊君须莫惜他，摘教秃秃不留些。此花贱相君知麽，从此千千万万花。"

和苏轼同时代的宋代士大夫司马光，也写过一首长诗《晚食菊羹》，讲了他吃菊花羹带给他的美好享受。司马光因为公务繁忙，平日里应酬很多，对于筵席上的大鱼大肉、觥筹交错很是反感。终于回到家后，脱掉官服，到院子里赏赏菊花，再喝上一碗菊花羹，唇齿留香。司马光编写鸿篇巨制《资治通鉴》，经常伏案工作，眼睛不好，菊花有明目的功效，让他觉得身心都很舒适愉悦，说这就是最好的食物。

除了菊花羹还有菊花饭，宋人称作"金条饭"。先采来黄菊花，用加了盐和甘草的汤焯一下，等米饭快熟的时候把菊花放到锅里一起煮。米饭吸收了菊花的清香，传说常吃能明目长寿，也很受当时人青睐。

各种与菊花有关的创意菜在宋代也非常有市场，甘菊冷淘、菊花糕都能在汴京街边的小吃摊上见到。《山家清供》里还记载了一款比较复杂的菜——莲房鱼包。莲房就是莲蓬。选取比较嫩的莲蓬，把瓤挖掉，放进去鳜鱼块，倒上酒、酱、香料腌制后，放在锅里蒸熟。出锅之后要配上"鱼父三鲜"来吃，这鱼父三鲜，就是用莲花、菊花和菱角煮的汤汁。这道菜色香味俱佳，制作精美，一般要在有人家举办筵席的时候才能吃到。

今天，菊花依然是秋天重要的组成部分。秋高气爽的时节，正适合去公园吹风赏菊。菊花茶、菊花粥也是生活中常见的饮食。今天蔬菜品种丰富多样，一年四季基本都能吃到新鲜的绿叶菜，不用再去采菊花叶子炒来吃了。

如果你好奇炒菊花叶是什么味道，而家里又正好种了菊花，倒是可以摘几片叶子试试，尝一尝宋代人笔下秋的味道。

禾草珍珠透心香：
东坡肉，贴秋膘

12

红烧肉

施耐庵写的《水浒传》里，梁山好汉们最令人印象深刻的特点，便是时常大口吃肉，大碗喝酒。《鲁提辖拳打镇关西》一篇里，郑屠开着两间门面，两副肉案，门头上挂着三五片猪肉，足见当时卖猪肉绝对是个好营生。

猪乃六畜之一，在古代是非常重要的财富。汉字的"家"来源于甲骨文，上半部分为"宀"，指房屋，下半部分是"豕"，豕就是猪，房子里面养了猪，才算有了家的样子。

"东坡肉"算得上是目前我国最有名的猪肉吃法了，是到江浙一带旅游的必吃名菜。苏轼一生发明了众多菜式，"东坡肉"是流传最广、影响力最大的一道。元丰二年（1079），苏轼因为乌台诗案被贬到黄州，开启了他人生中一段低谷经历。黄州位置偏远，苏轼又是戴罪之身，生活困顿，只能自己开荒种地，吃不起当时宋朝权贵最喜爱的羊肉，只能买当地的猪肉来解馋。他意外地发现猪肉味道很好，于是写了一篇《猪肉颂》：

净洗铛，少著水，柴头罨烟焰不起。待他自熟莫催他，火候足时他自美。黄州好猪肉，价贱如泥土。贵者不肯吃，贫者不解煮，早晨起来打两碗，饱得自家君莫管。

这算是现代东坡肉的雏形，做法比现在简单很多。首先要把锅洗净，不要放太多水，用柴木、杂草生火，用没有火苗的虚火慢慢炖猪肉。炖的时候不能心急，要等到火候足了，肉自然鲜嫩纯香。黄州一带产的好猪肉，价钱很便宜，富贵人家不愿意吃，穷人家则不会做。苏轼就不一样，每天早上起来打两碗吃，满足了口腹之欲，自得其乐。

这段《猪肉颂》应该是"东坡肉"最初的来源，也是无奈之下的权宜之举，苏轼性格乐观豁达，对生活中的苦难总是能一笑了之。有记载说，当时黄州猪肉便宜，是因为当地暴发了猪瘟。可哪怕是这样便宜如泥土的猪肉，苏轼也没办法吃个够。他曾经写过自己在黄州时的生活："早晚进食，不过一爵一肉。有尊客，盛馔则三之，可损不可增。"每天吃两顿饭，也只有一点肉，就算有客人来，能吃的东西也只能定量。他还自嘲说，这样第一是安分养福，第二是宽胃养气，第三就是可以省钱。

民间故事里"东坡肉"的诞生更富有传奇色彩。有一年苏轼到建昌访友，到了一个叫作艾城的地方。当时正是三伏天，一户农家的小孩因为贪玩中暑了，苏轼略懂医术，救了孩子。孩子的父母为了感谢，就邀请苏轼去家里吃饭，特意出去买了两斤猪肉，用一束稻草捆着提了回去。

准备做饭时，主人就问苏轼想吃什么口味的猪肉。苏轼此时正在填词，嘴里念叨着"禾草珍珠透心香"，主人听了以为是要用草一起蒸煮，还要煮得透心烂，便照着做了。等吃饭的时候，苏轼看到盘子里用稻草捆着的猪肉，不好意思动筷子。主人看到后便问："我是按照你的要求弄的，你怎么不吃呢？"苏轼这才知道主人是误会了，他说的是"荷上珍珠透馨香"。不过歪打正着，这种合着稻草一起煮的猪肉，吃透了草叶的清香，肥而不腻，可口下饭，后来就流传下来，是为"东坡肉"。今天去饭店里吃到的东坡肉大多有绳子捆着，便来源于此。

"东坡肉"的种种传奇，应该是当代商家附会编出来的故事。但宋人确实有一道传世名菜，叫"烧臆子"，现在是豫菜中的硬菜。用猪肋条切块，搭配黄面酱、甜面酱、味精、盐、香油、花椒等调料，用炭火烤制而成。据《东京梦华录》中记载，"烧臆子"是北宋官场摆宴会时经常会点的一道大菜，后来随着时代变迁逐渐失传，直到清末才有开封名厨根据文献记载复制了这道菜，流传至今。

《清明上河图》中，可以看到街上有猪大摇大摆、旁若无人地溜达。开封城郊的园子里，耕牛没有多少，但能看到成群结队的猪在闲逛。而城中要宰杀的生猪都要从南熏门进城。每到夜晚，人们会赶着猪从这里进来，数十人赶着上万头猪通过，但秩序井然，丝毫不乱。

民间爱吃猪肉，士大夫阶层也有酷爱猪肉的人。欧阳修在《归田录》里写，宰相张齐贤就特别喜欢吃猪肉，尤其喜欢吃肥猪肉。他身高体壮，食量远超过常人，每顿饭都要吃掉好几斤猪肉才能满足。

宫廷对猪肉的消耗量也在逐渐增加，宋神宗时期，宫廷里全年消耗掉的猪肉有四千一百三十斤。这四千多斤肉应该不都是用于皇宫的日常饮食和宴会，应该也有大量用于赏赐臣子。宋真宗时期，宰相王旦过生日，真宗一次就赏赐了他一百头猪。除了赏赐之外，猪还有一个重要作用：辟邪。

神宗皇帝有一次到花园散步，看到有宫人带着猪在散步，感到奇怪。宫人告诉皇帝，这是从宋太祖时期就传下来的习惯，要在宫里养猪，养大之后就杀掉，再找小猪从小养大。这个规定一直流传下来，宫人也不知道是为什么。神宗听了觉得很浪费，就让宫人以后不要再这么做了。过了几个月，宫里侍卫发现有妖人出没，抓住之后，为了破解妖法，需要用鲜血泼他，但深宫大院里，到哪儿去找新鲜的血液呢？发生这件事之后，神宗才明白，当年太祖命令养猪，就是为了有备无患，有一天皇宫中需要使用动物血辟邪时可以就地取材。

后来，朝廷本来计划改造皇宫和开封城，古人迷信，认为猪圈的存在是祖宗流传下来保佑宫廷平安的，没人敢轻易改动猪圈的位置，只好作罢。宋代皇宫在历朝历代中都是比较小的，也没有扩建改造，一方面是因为皇帝普遍俭朴，另一方面大概也是出于迷信和对祖制的敬畏。

南宋时期，临安城里对猪肉的消费量更大。"杭城内外，肉铺不知其几，皆装饰肉案，动器新丽。每日各铺悬挂成边猪，不下十余边。如冬年两节，各铺日卖数十边。……至饭前，所挂之肉骨已尽矣。"杭州城内城外有无数的肉铺，铺子两边都挂着售卖的猪肉，从这一点看，《水浒传》虽然成书于明代，却真实还原了宋代的生活场景。立冬和春节是猪肉销售的旺季，每个铺子都挂着数十条猪肉，到饭前就连骨头都卖光了。临安百姓还有一个独特的习俗，到孩子出生第二十一天，要由舅舅和父母双方的亲朋给孩子家送去猪腰子、猪肚、猪蹄等食物。

吃不完的肉类需要保存，人们还发明了很多腌制、干制肉类的方法。其实腌肉的传统由来已久，最早孔子开馆授徒，象征性地向学生收取学费，收的是"束脩"，也就是风干的肉条。

《齐民要术》记载，把大型牲畜肉切成片或条加工，称为"脯"，对鸡鸭鱼兔等小型动物的整体加工，称为"腊"。到今天，人们已经不太区分脯和腊两种做法，咱们还是有吃肉干、肉脯、腊肉的习惯，不过对于现代人来说，这些只是零食和配菜，在古代却是不让肉类腐败变质的一种方法。

除了这两种方法之外，还可以把肉做成带骨头的肉酱、油煎的油焖白肉、酒糟腌渍的肉和用草包泥密封保存的淡风肉。动物的生长不像植物受季节影响那么明显，但在秋冬季节，动物往往会更加肥壮，出肉率比较高，人们便会选择在此时宰杀。现代过年前后集中宰杀猪牛羊的习惯也是从古至今流传下来的。在宰杀旺季前后，肉类比较丰富，其他季节想吃到肉就不那么容易了。为了调节这种不平衡，人们就把多余的肉进行各种加工，留到其他时节再食用。久而久之，就有了各种腌制、卤制、酱制的制作方法。由此可见，自然环境和气候变化对于饮食习惯的影响是无处不在的。

猪肉便宜又好吃，但在东坡先生生活的时代，猪肉并不是人们贴秋膘的首选。当时人们更加青睐羊肉，猪肉被认为不太健康。从南朝梁陶弘景的《名医别录》到明代李时珍的《本草纲目》，都认为猪肉不好，吃多了容易得病，会"弱筋骨、虚肥人"。这话有一些科学性在里面，猪肉脂肪含量高，吃多了容易引起高血脂、高血压，容易长胖，所以今天有健身减肥需要的，都会被建议少吃猪肉。

秋风萧瑟，落木萧萧，眼见着天气凉爽了许多，夏天里因为太热大减的食欲在此时暴涨。贴秋膘是对即将到来的冬季的尊重，即便今天更多人在为减肥而烦恼，这种秋天来了的仪式感是一定不能少的。

买上半斤猪肉，学着东坡居士的样子小火慢炖，加上多种多样的调味料。打开锅盖，香味扑鼻，这个时候，关于减肥和身材的焦虑都会被抛在脑后，眼前最重要的是享用这一碗齿颊留香的"东坡肉"。像东坡先生那样，"早晨起来打两碗，饱得自家君莫管"，我自去感受生活中的美好，哪管别人怎么看！

碧油煎出嫩黄深：
东坡饼

13

环饼

今人基本上都吃过油条：把面擀成长条状，两头拎起来捏在一起，把另一端一拧，拧成个麻花的形状，扔到油锅里炸透，捞上来就是一根金黄酥脆的油条。梁实秋在《雅舍谈吃》里说："烧饼油条是我们中国人标准的早餐之一。在北方不分省份、不分阶级、不分老少，大概都喜欢食用。"这种油炸面食不是现代人创造出来的，很早以前，中国的庙堂上、市井间就诞生了这种吃法。

魏晋南北朝的时候，《齐民要术》里已经记载了如何制作油炸食品，到了宋代的《东京梦华录》里，大街小巷随处都可以买到油炸的小食。宋代人习惯把面制作的食物都称为饼，烤制的叫"蒸饼"，水煮的叫"汤饼"，油炸的则叫"环饼"。南宋时期的临安城里有一种"油炸桧"，当时人们普遍对奸臣秦桧恨之入骨，便用面捏成一男一女两个小人儿，指代秦桧和他的老婆，在油锅里百般烹炸，以泄心头之恨。久而久之，油炸桧的名字演化成了"油炸鬼"，就是今天我们吃的油条。

苏轼在黄州时爱吃一种油炸煎饼，是他的一位邻居刘秀才亲手做的，又脆又好吃。苏轼常去人家家里做客，秀才每次都做这种煎饼来招待他。苏轼爱美食，一边吃一边问秀才，这饼叫什么名字？这是秀才自己发明出来的一种吃法，本来也没名字，苏轼这么问，秀才就说这个没名字。苏轼不甘心，反复问，"为甚酥？"满座的客人听了都笑起来，说既然东坡居士反复问，那就叫"为甚酥"好了。

苏轼也觉得很有趣，还为这个酥写了一首《刘监仓家煎米粉作饼子，余云为甚酥。潘邠老家造逡巡酒，余饮之，云莫作醋，错著水来否？后数日，余携家饮郊外，因作小诗戏刘公，求之二首》：

一杯连坐两髯棋，数片深红入座飞。

十分潋滟君休诉，且看桃花好面皮。

野饮花间百物无，杖头惟挂一葫芦。

已倾潘子错著水，更觅君家为甚酥。

当时在黄州，苏轼还有一个姓潘的邻居，会酿酒，手艺却不怎么样，苏轼喝了一口就说这酒里兑的水太多了，于是给这个酒起名叫"错着水"。"错着水"和"为甚酥"，有着这样随性名字的食物，在最困顿的时期抚慰了东坡的心，让他能在寻常生活中品尝出一些快乐的滋味。

这种油炸煎饼在后来一度很流行，黄州人为了表示纪念，就给它命名为"东坡饼"。

类似的食物还有炸馓子，炸馓子就是环饼，是一种"寒具"，也就是春日寒食节时吃的食物。古代寒食节是重要的节日，不能开火做饭，只能吃冷食，这种油炸面条既抗饿又不怕坏，是最适合的食品。

北宋哲宗年间，孟皇后被废后住在瑶华宫，就有个卖炸馓子的货郎，总是挑着担子到宫门口叫卖。他很会自我营销，从不直接吆喝自己卖什么，而是喊"就让我亏本吧！"。人们听到这话都被勾起了好奇心，就纷纷上来围观。他偏要在废后的宫门口叫卖，还喊出这种莫名其妙的话，总让人忍不住联想他是有什么别的目的。开封府忍无可忍，就把他抓起来打了一顿。出来之后货郎吸取了教训，地方倒是没换，但是换了一种叫卖法。他总是把担子往地上一放，大声喊："就让我歇一歇吧！"又能吸引来很多人围观。知道来龙去脉的人纷纷嘲笑他，但他的名声越来越大，生意也越做越好，连带着炸馓子的名声也大了起来。多年后，苏轼被贬谪到海南，邻居妇人会做炸馓子，苏轼还特意写了首《戏咏馓子赠邻妪》送给她：

织手搓来玉色匀，碧油煎出嫩黄深。

夜来春睡知轻重，压匾佳人缠臂金。

宋代似乎是饼类食物大暴发的时期，除了炸油条，还有用面粉拌上葱花、油、盐之后，放在铁锅里烙出来的油饼。这种油饼不用发酵，分成甜、咸两种口味。甜的什么都不用放，只是擀成极薄的圆饼，吃到口中会有小麦自身的清甜。咸的就要加上葱花和油盐，所以也叫葱花饼。放在锅里烙熟之后，直接吃或者就着面汤吃，都能让肠胃熨帖，十分滋润。

上蒸锅用蒸气蒸熟的饼也很受欢迎，不过北宋时宋仁宗名字叫赵祯，为了避讳，就把蒸饼改成了炊饼。武大郎每日上街卖的就是这种饼，依靠着卖炊饼的收入，他能养活弟弟和老婆，还能买得起二层小楼，足见当时小手工业者收入不菲。

北宋的油饼店是非常讲究的，有时候一个案板上有三个人在忙活，每人负责不同的工序，还有一个专门的人给擀好的面饼上点缀花色图案。每天五更开始，饼就要入炉烘烤，最红火的油饼店有五十多座烤炉同时加工，场面非常壮观。

现在炒菜离不开各种油，哪怕吃个健康的减脂餐，也要搭配上橄榄油调味。在人类漫长的历史中，能痛快摄入油脂的时间是很短的。油最早来源于动物脂肪，古人把油叫作膏脂，从有角动物身上提炼出来的叫膏，无角动物的叫脂。所以牛油羊油就叫作膏，猪油则是脂。这个词今天已经很少使用了，只在特定词组里出现，比如说贪官污吏搜刮"民脂民膏"，就是从这里来的。

从先秦时期到秦朝，人们吃得比较多的是水煮的食物，蔬菜的种类也不多，大部分是野菜。哪怕是天子皇帝，吃的也是用动物油煎的肉。据记载，周武王猎杀过上万动物，除了吃肉，也是为了提取油脂。动物油脂可以用来点灯，考古学家曾经在出土的长信宫灯上提取到了少量的蜡状残留物，由此推测宫灯中燃烧的是动物油脂。除了照明，动物油脂还可以涂在器具表面用来防水，是非常重要的生活生产资料。

那时普通人能获取的油脂就非常有限了，甚至部队行军打仗时，能给普通士兵提供的也只有便于携带的肉干，想用油做饭炒菜是想都不能想的。

西汉时期，张骞通西域之后，自大宛传入了芝麻，芝麻是油料作物，且出油量大，区别于过去产量可怜的本土大麻及紫苏油，从此中原地区开始逐渐普遍食用植物油。因为来自西域，芝麻榨油在当时被称为"胡麻油"①，在东汉桓帝时期，就有了用芝麻油炸食物给客人吃的记录。

到了南北朝时期，人们开始用植物油炒菜，不过，一直到唐代，水煮还是最常用的一种烹饪方法。用水煮菜加上调味出来的汤汤水水的东西叫羹；不加菜，只有调料和肉，用水煮出来的食物叫臛。从先秦到唐朝，大部分时间里，普通

①胡麻油的名字在今天又被赐予了亚麻籽油，因为在后来的历史中，芝麻被广泛种植食用，逐渐本土化，人们不再称之为"胡"。

人就是用这样的烹饪方法制作日常饮食。

烹饪方法和菜式的大暴发主要发生在宋代，原因有两个：油料作物的增多和冶铁技术的进步。北宋庄绰在《鸡肋编》里记载："油通四方，可食与然者，惟胡麻为上，俗呼脂麻。河东（今山西）食大麻油，陕西又食杏仁、红蓝花子、蔓菁子油（菜籽油），山东亦以苍耳子作油，颍州（今安徽阜阳）亦食鱼油。"

和动物油相比，植物油更容易获取，价格低廉，产量高，用来做菜还不容易有动物油的腥味，很快成了人们厨房里的常客。沈括的《梦溪笔谈》里提到，北宋会进贡很多麻油给北方的辽国，辽国人爱吃油炸食物，一开始北宋士大夫并不知道怎么吃，让人照着做还失败了。后来油炸的做法传到北宋民间，被发扬光大，做菜的花样就越来越多。

想要吃炒菜或者油炸食物，对锅具的要求也很高。唐代之前，人们常用青铜或陶器做饭，锅底厚，导热慢，很难达到炒菜要求的大火爆炒的温度，所以只能做油煎肉、水煮菜一类的食物。直到宋朝，冶铁业蓬勃发展，使铁锅普及率大大提升，铁锅的打造工艺不断更新，出现了壁薄而结实耐用

碧油煎出嫩黄深：东坡饼 147

的铁锅，炒菜和煎炸食物的方法就被普及了。

据史籍记载，宋代铁的产量以英宗治平年间（1064—1067）最高，达到824万斤，比唐宣宗大中年间（847—859）高出约76倍。宋代冶铁采矿业的发达也带动了周边辽、西夏、金的冶铁业发展，辽立国后，设五冶太师统辖坑冶。《辽史·食货志》记载，辽阳有铁冶300户。幽蓟等地的冶铁业也都保持一定的规模。女真在立国前也已能烧炭炼铁，其后进一步建立了自己的矿冶业。黑龙江阿城为金上京会宁府，已发现金代冶铁遗址50余处，出土有大量炼炉、矿石、炼渣和铁块等。

大量的铁制品流入民间，北方的辽、西夏等国又长期接受北宋进贡的麻油，养成了吃油炸食物的习惯，这种吃法又逐渐传入北宋，丰富了中原地区食物制作的方法。民族之间的流动融合促进了生活方式的改变和发展，双方都会在潜移默化中受到对方的影响。北宋灭亡后，宋人被迫南迁，油在金国成为较为珍贵的物资。那个把西瓜带到中原的南宋使节洪皓讲过，他被扣押在金国时，酒、肉、米、面这些物资每人都有供应，但油只有副使以上级别的人才能分到。

　　到了明代，花生随着大航海时代从南美洲传入了中国，因为含油量高达45%，马上赢得了吃货们的心，成为最受欢迎的油料作物。有趣的是，大豆是原产自我国的油料作物，今天我们常吃大豆油，但古代人吃到大豆油的时间非常晚，大概接近明末，人们才开始用大豆榨油。因为大豆含油率偏低，只有16%~19%，在明代榨油工艺逐步发展到很高的水平后，大豆的出油率才得到提升。人们还发现，大豆榨油剩

下的豆饼可以用来做牲口的饲料，这样，大豆才算正式迈入了油料作物的行列。

今天我们认为油炸食品不健康，是垃圾食品，而在物资相对匮乏的古代，油炸食品能快速提供人类活动所需要的热量和饱腹感。在黄州生活有些拮据的苏轼，能吃到邻居新炸出的热乎乎的饼子，喝到兑了水的米酒，感受到的满足和快乐，可能只有挨过饿的人才能真正体会到。

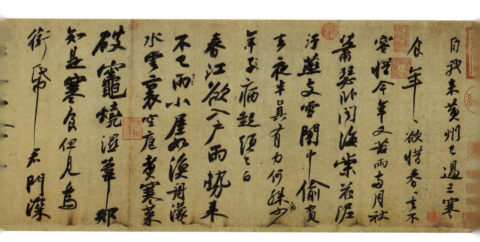

《书黄州寒食诗》，北宋，苏轼（黄庭坚　跋）

台北故宫博物院　藏

蛮珍海错闻名久：食蟹

14

大闸蟹

珍宝蟹

豆蟹

三点蟹

青蟹

三花蟹

一到秋天，就是阳澄湖大闸蟹大量上市的季节。这些年围绕阳澄湖大闸蟹的新闻层出不穷，吃蟹的热度一直居高不下。秋风起，蟹脚痒，中秋是第一批肥蟹上桌的时节，喝一杯桂花酒，剥一只大闸蟹，配上月饼和葡萄，明月当空，家人团聚，真是身心富足。

鲁迅先生说："第一个吃螃蟹的人是令人佩服的，不是勇士谁敢去吃它呢？"这话说得很有道理，螃蟹这样张牙舞爪的生物，已经尽力让自己长了一副不怎么好吃的样子，不知是谁在什么情况下，决定去尝尝螃蟹的味道，从此开启了我们几千年的食蟹史。

中国人吃蟹的历史很早，最早出现食蟹记载的文献是东汉时期郭宪写的《汉武洞冥记》，书里记录了汉武帝时期的一件奇闻逸事。善苑国曾向汉武帝进贡过一个巨大的螃蟹，长九尺，有百足、四螯，因为太大了，没法煮来吃，就把螃蟹壳取下来煮成胶，是非常珍贵的药材，可以媲美用凤喙及麟角熬制的修仙神药。

汉武帝晚年沉迷修仙，可能真的相信用蟹壳熬煮的食物能延年益寿，但这个故事应该是后人附会的。从故事中可以看出，秦汉时期人们就会吃螃蟹制成的食品了，而东汉郑玄在给《周礼》做注解的时候也提到，周朝人会吃"青州之蟹胥"，就是把螃蟹剁碎后腌制成的一种肉酱，由此推断螃蟹在先秦就已经成为王室的食物之一。

苏东坡是螃蟹的"狂热粉丝"，吃蟹在北宋文人士大夫阶层很流行，他们不仅吃，还要写诗来描写螃蟹的样子，记录自己吃蟹的体验。欧阳修写过四首和蟹有关的诗，苏轼和梅尧臣各写过二十三首。苏轼这二十三首中，有十二首都在写他是怎么吃蟹的。

元丰二年（1079）四月，苏轼被调到吴兴（今浙江湖州）做知州，他的好朋友丁公默在不远的处州（今浙江丽水）做官。处州是长三角地区著名的螃蟹产地和销售中心，苏轼得知好友在此做官，又久闻当地所产的海蟹的大名，很想尝一尝，就写了首诗夸赞丁公默，丁公默也明了苏轼的心思，回信时送了几只梭子蟹过来，请苏轼尝鲜。苏轼十分高兴，就写了这首《丁公默送蝤蛑》：

溪边石蟹小如钱，喜见轮囷赤玉盘。

半壳含黄宜点酒，两螯斫雪劝加餐。

蛮珍海错闻名久，怪雨腥风入座寒。

堪笑吴兴馋太守，一诗换得两尖团。

蝤蛑就是梭子蟹。梭子蟹是海蟹，湖州地区能吃到的是河蟹。平时在小溪中能见到的石蟹小得像钱币一样。这次见到友人送来的海蟹，个头那么大，像一只赤色的玉盘。看着它橙黄橙黄的背壳，酒兴就来了，斫出大螯雪白雪白的肉，饭量都增加了。沿海一带，海汇万类，对蝤蛑却是闻名已久，这天吃蝤蛑，下着怪雨，刮着腥风，入座的时候感到了一种寒意。笑自己这个吴兴太守实在太馋这口美味，用诗换得品尝蝤蛑的机会。

苏东坡是从心底热爱美食的，他写美食诗都非常具有生活的情趣，不光写食物的样子、口感，也写和食物相关的生活片段，读起来就像是东坡居士本人在饭桌上聊天。

　　他还写过《饮酒四首》（一说为秦观所作），说："左手持蟹螯，举觞瞩云汉。天生此神物，为我洗忧患。"这是一个"吃货"的内心独白，左手拿着蟹腿，右手举着酒杯，多亏上天创造了螃蟹这种神物，来帮我洗去忧患。没有什么问题是秋天的一只螃蟹解决不了的，如果不行，那就两只。

　　历朝历代文人都写过吃螃蟹的诗，可能因为吃螃蟹就要喝酒，喝酒能让人诗兴大发。李白就说过："蟹螯即金液，糟丘是蓬莱；且须饮美酒，乘月醉高台。"南宋大词人辛弃疾在《水调歌头·再用韵答李子永提干》中说："断吾生，左持蟹，右持杯。买山自种云树，山下劚烟莱。"明代才子唐伯虎也在《江南四季歌》当中写道："左持蟹螯右持酒，不觉今朝又重九。一年好景最斯时，菊绿橙黄洞庭有。"

　　另一个螃蟹的狂热爱好者是《闲情偶寄》的作者李渔。李渔自己说，在螃蟹还没上市的时候，他就开始存钱准备买螃蟹，家人嘲笑他嗜蟹如命，把这笔钱叫作买命钱。等到螃蟹上市那天，李渔就会开始吃螃蟹，一直吃到市面上没人再卖，期间一天不落，最多的时候一天要吃二三十只。

　　详细探究起来，吃螃蟹的历史虽悠久，但螃蟹大量进入文人墨客的视野，还是唐宋之后的事情。大概吃螃蟹本来是南方习俗，唐宋之前政治中心多在北方，虽然也有蟹酱的吃法，但没有成为一种大规模的生活习惯。魏晋南北朝时期，中原战乱不断，人口大量南迁，到了两宋时期，北方长期被游牧民族占据，人们活动范围越发偏南，于是南方常吃的一些食物逐渐开始影响整个中原地区。

在北宋初年的时候，人们还不太认识梭子蟹这种海蟹，大臣陶谷奉命出使吴越国，吴越王设宴款待，摆上了十多种螃蟹请他品尝。这如果换成苏轼或梅尧臣，恐怕要乐得合不拢嘴，可惜陶谷不认识梭子蟹，以为是吴越王轻慢自己，便说"一蟹不如一蟹"，暗讽吴越王一代不如一代。当时的吴越王是钱俶，就是那位写"陌上花开，可缓缓归矣"的吴越王钱镠的子孙，他的功绩远远比不上祖先，听到这话当然很不开心。想起来之前听说宋太祖赵匡胤嘲笑过陶谷，说他没什么本事，做事只会依样画葫芦，于是钱俶命人做了一道葫芦羹，对陶谷说，这是让人依样画葫芦做出来的。两人光顾着进行这种文雅的骂战，估计螃蟹也没好好品尝。

吴越国本是五代十国之一，是当时重要的螃蟹产地，有专门捕螃蟹卖螃蟹的"蟹户"，类似现在的职业渔民。宋朝吞并吴越国后，这些蟹户自然也成了大宋子民，宋朝还出台了捕蟹人家的缴税类目。捕螃蟹的人家已经富庶到能专门缴税，可见当时螃蟹产量很高。因为车船运输更加便利，沿海一带的螃蟹都可以及时运送到内陆地区，这才让身处湖州的苏轼能吃到朋友寄来的梭子蟹。

等到南宋时期，都城迁到了临安，吃螃蟹更容易了，人们又发明了各种螃蟹衍生菜，蟹黄包、蟹肉馄饨、腌醉蟹之类都能在酒楼里买到。最有名也最有创意的，该算是蟹酿橙。

根据林洪的《山家清供》的记录，蟹酿橙是宋朝的宫廷名菜。这个吃法起源于民间，后来传入宫廷，逐渐成了临安地区秋季的一道名菜。首先要选取一个熟透的大橙子，将顶部切掉，挖出里面的果肉，榨出橙汁。再将事先蒸熟的蟹肉、蟹黄放在橙子皮里，倒上一点橙汁，把橙子顶部的盖子盖上。接下来把这个内含蟹肉的橙子放在小盅里，用酒、醋、水蒸熟，出锅后，用蟹肉蘸着醋和盐吃。

蟹肉藏在橙子中，和橙汁混合产生特殊的鲜香味，创意十足，摆盘美观，特别适合宫廷宴会，在今天用来招待朋友也是一道能拿得出手的绝妙好菜。而且，蟹酿橙工序虽然麻烦，要做出好口味却比较简单，只要选几个螃蟹上锅用清水蒸熟，剔出蟹肉、蟹黄，放在橙子里蒸入味就行了。

宋人爱吃蟹，于吃蟹做蟹有不少心得。北宋人傅肱写了《蟹谱》，南宋人高似孙写了《蟹略》，详细记录了螃蟹的名称、外形、品类和繁育生长过程。还有关于螃蟹的风俗、掌故、诗文等，算是关于螃蟹的百科全书。

元代时，受北来政权影响，政治核心地区多吃羊肉，但江南汉族文人还是保持了对螃蟹的热爱。画家倪瓒喜欢一个人吃螃蟹，一次仅煮两只，要加生姜、桂皮、紫苏和盐一起煮，因为太多了一个人吃不了，下顿再吃就不新鲜了。

吃海蟹的时候，倪瓒会做成蜜酿，跟蟹酿橙类似，也是先把螃蟹煮熟，把蟹肉取出来，倒上鸡蛋黄和蜂蜜搅拌成汁，把拌好的蟹肉放回蟹壳，上面再铺上蟹黄，然后上锅蒸，等到鸡蛋黄凝固了，就可以吃了。

李渔也经常自己做螃蟹，因为他太爱吃螃蟹，怕过了季节没得吃，在入秋时节就让家人开始酿酒，等到吃蟹季节到尾声了，酒酿好了，就把蟹放在酒里腌制，做成醉蟹。蟹肉浸润了酒的醇香，生吃熟吃都十分美味。

最会享受生活的张岱还跟朋友一起成立了蟹会，一到十月一群人就聚在一起，每人煮几只蟹，怕蟹肉寒凉吃多了肠胃不舒服，还要配上瓜果点心，喝着名酒玉壶冰，吃的是兵坑笋，米饭是新余产的杭白米，最后还要喝一盏兰雪茶。真是把"风雅"二字演绎到了极致。

《红楼梦》里有关于食蟹的描写，他们不仅食蟹饮酒，还会赋诗游戏，有诸多讲究。《红楼梦》第三十八回的"林潇湘魁夺菊花诗，薛蘅芜讽和螃蟹咏"可谓一场著名的"螃蟹宴"。螃蟹味腥，粘在手上气味不佳，书中人会用"菊花叶儿桂花蕊熏的绿豆面子"净手祛味。现在江浙一带吃蟹流行用的"蟹八件"就是明清时期形成的。

食蟹文化是中华饮食文化的一个典型代表，因为李白、苏轼、张岱这样的文人的推崇，螃蟹逐渐成为雅致生活的代表，也成了一个季节性很强的文化符号。到今天，每到秋天，人们会很自然地想到吃蟹、饮桂花酒，我们这样的普通人也能仿照古时的文人墨客，风雅一番。

《红楼梦》画册之"林潇湘魁夺菊花诗，薛蘅芜讽和螃蟹咏"，清，孙温

急扫风轩炊麦饭：来点主食

15

粟米

麦饭

小时候偷懒不爱干活，总被家长说是"四体不勤，五谷不分"。这"四体不勤"倒是好理解，"五谷"到底是哪五谷，城市里生活的小孩确实不太清楚。

关于"五谷"的说法，早在先秦时期就有了，各种典籍中都提到过。但古时种植的谷物众多，"五谷"究竟是哪"五谷"，随着时间推移也一直在变化。东汉时期王逸注《楚辞》认为"五谷"是指稻、稷、麦、豆、麻；汉末赵歧给《孟子》做注，认为"五谷"为稻、黍、稷、麦、菽；到了唐代，王冰注《素问》时提到"五谷"为粳米、小豆、麦、大豆、黄黍。

从中可以看出，古代中国人所吃的主食一直是不断变化的。今天我们的餐桌上常出现的主食主要是米和面，米来自水稻，面来自小麦。麦子脱壳后磨成面粉，能制作成各种面食，普通人家也经常蒸麦饭来吃，跟粳米、小米一样，成为餐桌上的主食。

苏轼的《和子由送将官梁左藏仲通》就提到过麦饭：

雨足谁言春麦短，城坚不怕秋涛卷。

日长惟有睡相宜，半脱纱巾落纨扇。

芳草不锄当户长，珍禽独下无人见。

觉来身世都是梦，坐久枕痕犹著面。

城西忽报故人来，急扫风轩炊麦饭。

伏波论兵初矍铄，中散谈仙更清远。

南都从事亦学道，不惜肠空夸脑满。

问羊他日到金华，应许相将游阆苑。

　　长日难熬，诗人在家中午睡，醒来觉得人生如梦，脸上甚至还留着枕头压出的痕迹。这时有人通报有故人来拜访，赶忙打扫厨房蒸麦饭来招待客人。和客人对坐，谈天说地，聊到修仙问道的事情，真想一起去游访仙山阆苑啊。

　　跟粳米饭比起来，麦饭口感并不好，一般是民间吃，或者用作军粮。汉代《急就篇》有"饼饵麦饭甘豆羹"的句子，隋唐时期颜师古注"麦饭豆羹皆野人农夫之食耳"。苏轼用麦饭来招待客人，看来他这个时候的经济情况并不是很好。

被贬黄州时，苏轼有一次做了一种"二红饭"，并写小文记录下来："今年东坡收大麦二十余石，卖之价甚贱，而粳米适尽，故日夜课奴婢舂以为饭。嚼之啧啧有声，小儿女相调，云是嚼虱子。日中饥，用浆水淘食之，自然甘酸浮滑，有西北村落气味。今日复令庖人杂小豆作饭，尤有味，老妻大笑曰：'此新样二红饭也。'"

因为贫困没吃的，苏轼开辟了一块东坡种地，这一年收获了二十多石大麦，大麦拿到市面上卖不了几个钱，正赶上家里的粳米吃光了，苏轼就让家中的仆婢连夜把大麦脱壳，蒸熟了当米饭吃。麦饭粗糙，口感偏硬，嚼起来有咯吱咯吱的声音，苏轼的小儿女开玩笑说，吃这个像是在嚼虱子。因为口感不那么好，苏轼就让人在里面掺了小豆一起蒸熟，味道很好。因为麦饭发红，小豆也是红色的，所以苏轼的妻子就开玩笑叫它二红饭。从此，二红饭的吃法流传下来。

吃二红饭是一种权宜之计，是苏轼夫妻在艰难生活里的苦中作乐。有条件的时候，苏轼还是偏向于吃稻米、粟米。从西汉到唐代前期，粟一直占据五谷的主导地位，被称为"五谷之长"。粟就是小米，在中唐之前是中原地区人们的主粮，用来煮饭、煮粥，国家征收税赋时要求上交的主要粮食也是粟。

唐宋时期，南方稻米种植面积不断扩大，稻米逐渐进入普通百姓的家中，和粟分庭抗礼。同时麦的种植面积也逐渐扩大，朝廷在收税时，夏天收的是麦子，秋天收的才是粟。随着农业技术的发展，研磨技术不断提高，麦子可以被研磨成面粉，极大地推动了面食的发展。因此在《东京梦华录》和《清明上河图》中，我们都能看到大量的售卖面食的店铺和摊贩。

今天咱们常常会有一个刻板印象，觉得水稻是南方种植的，不适合在北方生长。实际上，水稻在中原地区有八千年的种植历史，也是"五谷"之一。制约水稻种植的主要是灌溉水源不足。在水源丰沛、灌溉条件好的北方，依然可以种植水稻。唐宋时期气候比现在更加湿热，中原地区水源充沛，水稻也就成了大面积种植的作物。

宋代美食众多，很多复杂的宫廷菜色一定要搭配米饭吃才能显出菜肴的美味。宋代从宫廷到民间都很爱吃米饭。然而，宋朝大中祥符四年（1011），江浙一带大旱，水田大幅减产甚至绝收，人们就想引进一些新的水稻品种。当时的皇帝宋真宗就把目光投向了产自越南占城的占城稻。

这种水稻品种早熟、产量高，耐水耐旱，煮出饭来味道很香，米也很出数，放不了太多就能蒸出一大碗。早在五代十国时期，后梁就把这种水稻引进了中国，在福建一带种植。于是宋真宗派人去福建取来了三万斛占城稻。不过这稻子不是用来吃的，而是用来当种子分给江浙一带种植的。皇帝的重要职责之一就是劝课农桑，所以真宗皇帝还命人把种植方法印制成册，张榜告知民众。不光让普通百姓种，皇帝自己也在皇宫里开辟了一块地，亲自种水稻。占城稻生长周期短，耐旱，很快就有了收获，皇帝还把自己的劳动成果展示给百官看。

占城稻由此在宋代生根发芽，经过多年农人不断选种，又出现了很多具有优良品性的水稻品种，算是进口品种本土化的典型代表。

主粮的产量高，人们能吃的主食就有了很多花样。汴京人开始用面粉做蒸饼、汤饼、馒头、包子。看过《三国演义》的应该知道，馒头是诸葛亮用来代替人头祭祀河神的，做成人头的形状，所以叫馒头。这时的馒头是带馅的，而且一般是肉馅，有羊肉馒头、蟹肉馒头、鱼肉馒头之类，素馅的就被叫作包子。

还是宋真宗时期，皇帝去国家的最高学府——太学视察，正赶上学生们在吃饭，里面有一道馒头，真宗想尝尝学生们平时吃的饮食，就让人拿了馒头来吃。吃了之后觉得味道很好，说士人能吃到这样的食物，也就问心无愧了。这种馒头后来就叫作太学馒头。士人们纷纷拿太学馒头分给家人，代表自己沐浴过皇恩，非常有面子。据说做法是用切好的肉丝拌上花椒、盐来调味做馅，再用发面做皮，做成今天馒头的形状。

后来馒头渐渐成为咱们今天吃的这种不带馅的，带馅的叫作包子。包子是很受欢迎的吃食，口味众多，到了南宋时期还衍生出更多做法，有了水晶包、灌汤包等。

除了包子馒头之外，人们爱吃的主食还有糕。通常说来，用米粉蒸制的精美食品称作糕。秋天正是吃糕的时节，南北朝时期，人们有重阳节登高的习俗，因为糕和"高"同音，就用糕来做重阳节的节令食物。此时主要吃的糕和平时的不同，要在面里加入菊花、茱萸、麻葛之类花卉。唐代人尤其喜欢吃重阳糕，白居易《九日登西原宴望》诗就曾描写说："弟兄呼我起，今日重阳节。起登西原望，怀抱同一豁。移座就菊丛，糕酒前罗列。"

糕的制作虽不复杂，但要做出花样品种繁多的糕点，那可需要高超的烹饪技巧。五代时，开封城内出现了一座著名的糕坊，专门制作和出售花式糕点。《清异录》和《说郛》都记载了这座糕坊制作的食品，其中有金米点缀的"满天星"，夹枣、豆的"糁拌"，外表有花的"金糕縻员外糁"，糕内藏花的"花截肚"，糕面上出现晕子的"大小虹桥"，制成狮子模样的枣糕"木蜜金毛面"。由于这家糕坊的食品美冠京城，销售量连年递增，糕坊主人因此赚了大钱，并用钱买了一个员外官，时人于是称其为花糕员外。

宋代的食店往往推出五彩缤纷的美味食糕。《武林旧事》卷六记载市面上销售的糕就有二十多种。那时的端午节、春秋社日时都要吃糕，重阳节吃糕的习俗也流传下来，还加入了很多创新。如吕原明《岁时杂记》记载了"万象糕"："国家大礼，常以九月宗祀明堂，故公厨重九作糕，多以小泥象糁列糕上，名曰万象糕。"又记载"食鹿糕"："民间九日作糕，每糕上置小鹿子数枚，号曰食禄糕。"民间的食鹿糕，以鹿谐"禄"音，意在升官发财。这种做法听起来很像今天做蛋糕时在蛋糕上做的裱花装饰。

孟元老《东京梦华录》还记载了开封人在重阳节时吃糕，"各以粉面蒸糕遗送，上插剪彩小旗，掺钉果实，如石榴籽、栗子黄、银杏、松子肉之类。又以粉作狮子蛮王之状，置于糕上，谓之狮蛮。"不光有装饰，还推出了坚果、水果等不同的口味。可以看出，宋人吃重阳糕不仅重视糕的花样和品味，而且还特别强调糕的美观性和装饰性。

古代还有一种很独特的、具有重要地位的主食，叫作青精饭。中国传统医学讲究药食合一，古人认为乌饭树的茎叶含有丰富的汁液，色黑，味苦气平，有益精气、强筋骨、明目、止泻的功用，提取它的汁液浸泡粳米，做出来的米饭具有养生防病的功效。最早是道家流行的养生饮食，到了唐代逐渐进入大众视野，广为流传，杜甫的诗《赠李白》中就提到过"岂无青精饭，使我颜色好"。

大约从宋代开始，原本隶属于道家的青精饭又扩大到佛家，成为僧侣的斋食。尤其是在农历四月八日浴佛节，各界人士都要吃青精饭。苏东坡与佛教颇有缘分，结交过很多高僧，想来他常吃的主食里，应该也少不了这种青精饭。

苏轼一生的足迹遍布祖国的大江南北，吃过各地美食，

细看他关于饮食的诗文，能看到当时北宋饮食习惯的不断变化和融合，也能感受到气候、地理等环境变化对农业的影响。如今我们不用再每日为粮食短缺发愁，但对食物的尊重和珍惜，已经写进我们的文化基因中世代流长。

《后赤壁赋图》卷（局部），北宋，乔仲常
美国纳尔逊－阿特金斯艺术博物馆 藏

沙瓶煮豆软如酥：
豆粥

16

八宝粥

明人朱伯庐在《朱子家训》中写道："一粥一饭，当思来之不易。"一方面是教育家中子弟铭记粮食来之不易，另一方面也说明，粥和米饭在中国人的饮食文化中，占据着重要的位置。

上一篇讲了苏轼的麦饭和二红饭，这一篇就要说说苏轼和豆粥的故事。饭和粥都来源于五谷，根源的区别在于做法不同，饭可蒸可煮，标准是见米不见水；粥则不同，讲究见米又见水。如果你熬过粥就知道，熬粥不能急，得用小火慢慢烹煮，最终做到水米交融，口感柔腻。哪怕现在煮饭煮粥都习惯用电饭锅，煮粥的时间也要比煮饭长很多。

对于人的肠胃来说，粥和饭有不同的功能。饭能让人很快有饱腹感，粥则是让肠胃熨帖。所以在我们的饮食文化里，喜欢在早饭或晚饭时喝粥。元丰七年（1084），因为乌台诗案还是戴罪之身的苏轼准备把家人送到真州安顿，北上途中，借住在一户人家中，早上有一碗豆粥喝，让他思绪万千，于是写了这首《豆粥》：

君不见滹沱流澌车折轴，公孙仓皇奉豆粥。

湿薪破灶自燎衣，饥寒顿解刘文叔。

又不见金谷敲冰草木春，帐下烹煎皆美人。

萍齑豆粥不传法，咄嗟而办石季伦。

干戈未解身如寄，声色相缠心已醉。

身心颠倒自不知，更识人间有真味。

岂如江头千顷雪色芦，茅檐出没晨烟孤。

地碓舂秔光似玉，沙瓶煮豆软如酥。

我老此身无着处，卖书来问东家住。

卧听鸡鸣粥熟时，蓬头曳履君家去。

　　这首诗的开头用了两个典故，是关于豆粥的两个故事，一个温暖、一个略带血腥。诗的前四句讲的是第一个故事，也就是两汉相交时东汉开国皇帝光武帝刘秀的故事。西汉末年王莽篡汉，天下大乱，作为汉室宗亲的刘秀揭竿而起，希望能重兴汉室国祚。各路势力诛杀了王莽后，当时在位的更始帝刘玄派刘秀去河北地区收服当地势力，更始帝也是汉室宗亲，刘秀不能不听他的命令，就带着手下去了河北。

古人所说的"河北"是地理概念，泛指黄河以北的地区，地方比今天的河北省大得多。刘秀在河北待了一阵，发现当地有一个叫作王朗的道士，声誉很高，兵马不少，自称是皇帝，对刘秀他们非常敌视。刘秀没有办法，只好带人南下，准备撤回洛阳。当时正是北方的冬天，天寒地冻，一行人行色匆匆，几乎没带什么补给。走到滹沱河边的时候，刘秀饥寒交迫染了风寒，险些支撑不住。这时他手下大将冯异出去找吃的，不知怎么弄来了一碗豆粥，自己不舍得吃，就捧给了刘秀。这碗热乎乎的豆粥让刘秀得以撑过了这场劫难，最终平定天下，登基称帝，是为东汉光武帝。此时冯异已经去世，刘秀感念冯异当年的恩情，时常提起这件事，这对君臣关于豆粥的佳话就流传下来。

接下来的四句讲的是石崇的故事。金谷指晋代著名的金谷园，是石崇的别墅。石崇是西晋时候有名的权臣，西晋皇权衰落，石崇狂征暴敛，富可敌国。《世说新语》里记录了很多关于他炫富和斗富的故事。苏轼在这里选取的是他让人煮豆粥的故事。石崇的金谷园里，做饭的都是美女，生活极尽奢靡。

当时的另一个富豪王恺和他斗富，比谁家的吃食更好，但怎么都比不过石崇家。石崇家的豆粥做得又快又好，冬天还有蒿子、韭菜吃。但是制作的方法是秘密，绝不告诉别人。王恺为了赢石崇，花钱买通了他们家做饭的用人，这才知道，石崇家的豆粥不是材料下锅直接煮，而是先把豆子煮熟后磨成粉，客人来的时候，用煮开的白粥冲开豆粉，这样做出的豆粥又快又好吃。石崇得知家中厨师泄露了秘密，愤而把厨师杀了，让本来香甜的豆粥也蒙上了血色。

苏轼提到这两个故事，认为刘秀虽然遭遇困厄，但身心有了寄托，石崇却被声色犬马遮蔽了自己的心。不过这两个人的豆粥，都不如东坡居士将要喝到的豆粥。此时他在袅袅晨烟中醒来，自己不再年轻，漂泊在外，还要把书卖掉才能有钱寄住在这家。但躺在床上，听着鸡鸣犬吠和主人家豆粥已经出锅的声音，他哪怕散着头发、趿着鞋子，也要去喝上这碗热乎乎的豆粥。这是苏轼一贯对食物的态度，也是他对生活的态度。他一生困顿，颠沛流离，但从未放弃过希望，不论在什么偏僻的地方做官，也会尽力做好自己分内的工作。

中国人吃粥的历史很长，因此对粥具有深厚的感情。考古发现，距今大概8000年前，人们已经学会用不同的炊具煮粥和饭了。在古代，喝粥常常是和饥饿的记忆联系在一起的。早在春秋战国时期，遇到天灾庄稼绝收，地方富户和官员要负责赈灾，赈灾的主要食物就是粥。在大米还没有普及的年代，人们喝到的一般是粟米、黍煮成的粥。

不光灾年，平时生活里，穷苦人家吃得最多的也是粥。唐代书法大家颜真卿写过一篇《乞米帖》，跟朋友借米，里面说："拙于生事，举家食粥，来已数月，今又罄竭，只益忧煎。辄恃深情，故令投告，惠及少米，实济艰勤，仍恕干烦也。真卿状。"这一年关中大旱，江南水灾，连颜真卿这样的高官都落得数月里举家食粥的地步，普通百姓恐怕只能靠草根树皮充饥。

杜甫有诗句"朝回日日典春衣，每日江头尽醉归"，把春天穿的衣服卖了换酒喝，体现的就是超脱物外的洒脱，而苏轼的好朋友秦观家里很穷，说自己"三年京国鬓如丝，又见新花发故枝。日典春衣非为酒，家贫食粥已多时"，我去卖春衣可不是像杜甫那样为了换酒喝，而只是为了吃一顿饭，因为家里贫困，已经吃了很久的粥了。

范仲淹小时候家里也很贫困，他在外求学，没钱吃饭，只能每天晚上煮一锅粥，等到第二天早上粥凝固成块状，用刀划成四块，早晚各吃两块充饥。靠着这样的刻苦和顽强，最后他考中进士，成为北宋最重要的政治家之一。

也有很多人喝粥和饥饿无关。古代宫中食粥是隆重的礼节，西汉宣帝在位时诏令儒生诵读《楚辞》，"每一诵即与粥"。唐代皇帝也以"防风粥"赐给文人学士，据说白居易有幸吃过，"食之口香七日"。还有一个著名的与粥有关的典故。晋元康九年（299），惠帝司马衷时，"天下荒馑，百姓饿死，帝闻之，曰：'何不食肉糜？'"肉糜就是肉粥，晋惠帝久居深宫，不了解民间生活的疾苦，才问出这样天真的话，今天我们还用它来形容那些不能站在他人角度考虑问题的人。

除了皇家喝粥，文人士大夫在有钱时也会喝粥，因为在古人看来，粥是一种能养生的食物。为了让粥口味更好，人们想出了各种办法。比如加入花瓣，煮梅花、菊花、桃花粥，还可以加入植物类，煮竹叶粥、蔓菁粥等。粥还有一种重要的作用是做药膳，苏轼本人就吃过黄芪粥，是用黄芪和米加水煮成，他当时在病中，吃黄芪粥能补虚、排脓。

北宋时还流行杏粥，苏轼写过"火冷饧稀杏粥稠，青裙缟袂饷田头"的诗句。南宋林洪的《山家清供》里记录了杏粥的做法：先把杏子煮烂去核，再用杏肉和粥一起煮熟。传说三国时的名医董奉种了很多杏树，丰收之年，他就用杏换谷子，遇到灾年，他就把自己囤的谷子便宜卖给受灾的民众。他一生救活了很多人，最后功德圆满，白日飞升，后人认为是他多食杏子所以延年益寿。当时人称他为董真君，这种杏粥也被称作"真君粥"。

现代营养学认为，粥能提供的营养并不充分，对于青少年来说，还要搭配肉奶蛋，或者在粥里加上更有营养的肉类，煮成肉粥。宋人也爱吃肉粥，苏东坡特别爱吃黄鸡粥，就是把鸡肉加在粥里煮成的肉粥。苏轼晚年被贬海南，海南有一种特产，是野生的黄雌鸡，可以补气血、健脾胃，于是苏轼经常用这种野鸡煮粥，据说"五日一见花猪肉，十日一遇黄鸡粥"，天高皇帝远，生活是如此自在惬意。

进入腊月，人们还要熬腊八粥喝。《清稗类钞》里说，喝腊八粥的习俗也是在宋代形成的，主要受到佛教影响，相传释迦牟尼在成佛之前曾经苦修了六年，为了更好地参悟佛法，他每天只吃很少的东西，身体非常虚弱，两个路过的牧羊女看到了，就拿乳糜给他吃，让他不至于虚弱而死。释迦牟尼由此意识到，苦修不能成佛，于是他到河中沐浴，到菩提树下打坐，四十八天后，开悟成佛，这一天正好是腊月初八。后来这一天就变成了一个重要的节日，信众会用大米、小米、玉米、薏米、红枣、莲子、花生、桂圆熬成粥食用，表达对佛陀的纪念。

在寒冷的冬天有一碗热乎乎的豆粥喝，会让人觉得身心都被治愈了。当家人顶着寒风回到家中，闻到厨房里粥饭的香气，一身的疲惫也就烟消云散了。我们常说，寻常烟火气，最是暖人心。所谓烟火气，有时候可能就凝聚在这一个小小的粥碗里。

长江绕郭知鱼美：
吃鱼

17

鲫鱼

鲈鱼

　　中国人形容食物的味道，除了酸甜苦辣咸这些很直接的描述之外，还有一个词是鲜。鲜既是对食材的评价，也是对口感的形容。从文字的组成上来看，古人似乎认为"鱼羊为鲜"，羊先暂且不提，鱼的确是最能提供"鲜"这个口味的一种食物。早在农耕文明出现之前，渔猎采集时代，鱼就是人类获取营养的重要途径。先民随水而居，比起大型猛兽来，鱼是非常容易捕捉的一种动物，所以，人类吃鱼的历史实在是很长。

　　正因为吃的时间长，还发展出了很多和鱼有关的文化，比如孟子的"鱼和熊掌不可兼得"，《淮南子》中说"临渊羡鱼，不如退而结网"，《吕氏春秋》中还提出了宝贵的环保议题："竭泽而渔，而明年无鱼。"

自笑平生为口忙，老来事业转荒唐。

长江绕郭知鱼美，好竹连山觉笋香。

逐客不妨员外置，诗人例作水曹郎。

只惭无补丝毫事，尚费官家压酒囊。

苏轼的这首诗叫作《初到黄州》，元丰三年（1080）大
年初一，他带着长子苏迈踏上了前往黄州的旅途。大概一个
月后，他第一次抵达了这片流放地，写下了这首诗。此时苏
轼已不年轻，所以他自嘲"老来事业转荒唐"。不过，乐观
如他，第一个想到的还是吃，黄州在长江边，可以吃到美味
的长江鱼，后山上茂林修竹，来年一定有鲜嫩的竹笋吃。既
然平生一无所成，作为一个被贬谪的人来到黄州，那么在这
里做个编制以外的官也没有什么不好。唯一过意不去的事，
就是自己一事无成，还要白白浪费官家给的俸禄。

其实这诗中的调侃也是多余的，在黄州生活了没多久，
他的生活就变得格外困苦，缺吃少穿，不得不自己开荒种
地。他很多和吃有关的诗文，都写在黄州贬谪期间或之后被
贬惠州、儋州时，大概是因为人在困境中，更珍惜日常生活
里每一点美好。

黄州城里这些鲜美的鱼大概很快就上了苏轼的餐桌，唐

代张志和诗云："西塞山前白鹭飞，桃花流水鳜鱼肥。"苏轼认为，鳜鱼要和竹笋、簟和白菜心一起煮，再加入姜、萝卜汁和酒去腥，最后放盐，熟了就可以吃了。黄州产鲤鱼和鲫鱼，差不多也是同样的做法：把鱼剁成块放在冷水里，加适量盐，再放入白菜心和几段葱白，煮至半熟后放入生姜、萝卜汁和少许酒，快熟的时候最后放入橘皮丝，味道会更好。苏轼做菜喜欢用简单的水煮方法，只加入少量的调味料，不做过多的烹饪，去品尝食物本身的味道，绝对是个懂行的美食家。

中国人吃鱼的方式大体可以分为宋代前和宋代后，宋代之前，人们也吃鱼，但一般选取生吃、烤着吃、腌着吃的方式。《论语》中提到"食不厌精，脍不厌细"，"脍"就是指生鱼片，要切得越薄越好。三国时期，人们仍然很喜欢吃鱼生，但是鱼类很容易带有寄生虫，吃了容易生病。《后汉书·华佗传》记载了广陵太守陈登吃鱼生感染寄生虫的事。他吃了鱼生之后，感觉心中烦躁，发烧不想吃饭，华佗来诊治后，认为是吃腥物导致的。开了方子后，陈登吐出了一堆虫子，病才好。后来陈登年仅三十九岁就去世了，大概也是那个年代无法根除寄生虫，再次发病导致的。

苏轼、欧阳修、梅尧臣、黄庭坚、范仲淹都很爱吃生鱼片。梅尧臣家的厨娘刀工精湛，能切出薄如蝉翼的鱼片，他的好友欧阳修每次休假时都不忘上街买鱼，买到后就送到梅尧臣家，请他家的厨娘切来享用。

除了生吃，烤鱼也是常见的吃法。历史上发生过非常著名的刺杀事件，就是通过烤鱼完成的。春秋末期，伍子胥从楚国逃到吴国，希望说服吴王攻打楚国，当时的吴王僚对此不感兴趣。他的堂弟公子光和吴王僚一直有矛盾，想杀了吴王僚自己登基，于是伍子胥推荐了名叫专诸的刺客，请吴王僚来参加宴会，伺机暗杀他。吴王僚爱吃烤鱼，公子光就命人把一把短剑藏在烤鱼腹中，由专诸呈上烤鱼，趁着吴王僚专心看烤鱼的时候，抽出鱼腹中的剑杀了吴王僚。公子光率领手下把吴王僚的势力清除殆尽，自己登上了王位，就是后来称霸一方的吴王阖闾。这个故事被司马迁写进了《史记·刺客列传》，那把短剑被后世称为"鱼肠剑"，成了传说中的神兵利器之一。

在两宋之前，政治经济中心多在北方，交通不便，运输鲜鱼非常困难，腌制的鱼口味又不好，所以吃鱼在腹地普通百姓中并不普及。前面我们提到过西晋人张翰的"莼鲈之思"，从侧面说明，即便位极人臣，想吃到千里之外家乡的鲈鱼，也是很困难的事情。

北宋之后，都城南迁，经济中心南移，江南一带很多生活习惯影响到了全国，水路陆路运输也比较方便，哪怕不是身处海边河边，想吃到一口新鲜的鱼也不算太难，因此中国人开发出了鱼的很多种做法。

南宋时期的杭州西湖边有一位宋五嫂，以卖鱼羹为生。宋高宗和太后闲游西湖，吃到了她的鱼羹，尝出是汴京风味，把人叫来一问，得知宋五嫂当年在汴京卖鱼，靖康之变后，随着皇帝迁到了杭州，便在当地继续卖鱼羹。高宗被这口汴京味道勾起了故国思乡之情，又感念宋五嫂年老，赏赐她很多金银绢匹。于是宋五嫂的鱼羹声名鹊起，时人纷纷模仿，据说味道极好，鱼肉做得比蟹肉还鲜香，被称为"赛蟹羹"。这个故事被后人附会改造成了西湖醋鱼，成为今天游客到杭州的一项打卡体验。

一贯以忧国忧民著称的南宋诗人陆游也是吃鱼行家，

三十六岁这年，他写了一首《买鱼》诗："两京春荠论斤卖，江上鲈鱼不直钱。斫脍捣薤香满屋，雨窗唤起醉中眠。"荠菜是宋人常吃的野菜，此时鲈鱼便宜，和春天的荠菜一样随处可见，买来之后，把鱼剁成碎块煮熟，再用橙子蘸酱吃，配上一壶酒，酩酊睡去，岂不快哉。入冬后，他还写了一首《初冬绝句》："鲈肥菰脆调羹美，荞熟油新作饼香。自古达人轻富贵，倒缘乡味忆回乡。"做鲈鱼羹，搭配上荞麦饼，为了这口吃的，什么富贵权势都可以抛到脑后了。

到了明朝，因为朱元璋定都南京，当地的鲥鱼成为宫廷宴席中的"常客"，上至皇帝，下至贩夫走卒，都十分热衷这道美食，以至于朱棣迁都北京以后，朝廷不惜花费大量人力物力在南京设立鲥鱼厂，负责将南京的鲥鱼用冰块保鲜，再通过京杭大运河运到北京。由此可见，当时人们对鱼类菜肴的追捧，能够吃上鲜鱼已经是身份和地位的象征了。

清代时，随着疆域的扩大，北京不仅能吃到来自江南的鱼鲜，还有很多来自东北的鱼类。东北水资源同样十分丰富，鱼的品种很多，根据《吉林通志·食货志·土贡》记载："吉林属每岁进贡方物，四月内进油炸白肚鳟鱼丁十坛，十一月进鲟鳇鱼三尾、翘头白鱼一百尾、鲫鱼一百尾……"
这里的油炸白肚鳟鱼丁就是用油炸熟的大马哈鱼块。大马哈
鱼、鲟鳇鱼和兴凯湖大白鱼都产自东北，其中大马哈鱼和鲟
鳇鱼更是制作鱼子酱的最佳选择。

尽管鱼类资源丰富，运输能力不断增强，可在古代中
国，普通百姓家想要吃到鲜鱼并不是很容易的事情。鱼类养
殖成本高，想要大量供应不容易。中华人民共和国成立后，
粮食短缺，百废待兴，急需扩大生产，补充食物来源。这
时，中国水产养殖之父——钟麟走上了历史舞台。

钟麟出生在广东省海南县，他的家乡是我国淡水鱼养殖
基地之一，自古就是养鱼之乡。从小耳濡目染，钟麟立志要
成为养鱼大家。1937年，抗日战争全面爆发，钟麟一家移居
香港，不久之后他考入了当地水产研究所，学习鱼类养殖。
1941年，日军入侵香港，钟麟辗转到了广西桂平，在农林部
的广西鱼类养殖场工作，开始进行鱼类人工授精、孵化等试
验，积累了很多知识和经验。中华人民共和国成立后，钟麟
从香港返回广州，筹建了广东水产研究所。

要实现鱼类的人工养殖，首先要解决的是鱼苗的问题。

钟麟和团队的助手们一起，试验了很多次，终于设计出了一套"生理生态培育法"，成功让池养的鲢鱼、鳙鱼在鱼池里自然繁殖，获得了大量的鱼苗。后来，同样的方法用在草鱼、青鱼等常见的鱼种上，让我国有了自己的家鱼养殖体系。今天依然在实行的"以养为主"的渔业发展方向，就是钟麟奠定的。

今天我们纪念杂交水稻之父袁隆平，因为他研究的杂交水稻让我们不再为主粮担忧。像钟麟这样的科学家们，则让今天的我们可以享有吃鱼、吃蟹、吃猪肉、吃蔬菜等的自由，甚至在2023年的大西北腹地中，科学家们也改造盐碱地出产大量"海产"，成为年度新闻。回顾中国农业的发展史，从古至今，一直有很多这样的科学工作者，他们不为高功厚禄，倾一生之力，只为做好一件事，功绩永存，福泽世人。

吃水不忘挖井人，今天的我们在享受美食的同时，也该衷心感谢那些曾经默默付出的人，正因为有了他们，我们的餐桌才越来越丰富，今天的我们才能吃到更多可能苏东坡看了都羡慕不已的美食。

吃羊

买羊酿酒从今始：

18

羊蝎子

烤羊肉

说完了鱼，再来说说羊。

《说文解字》里关于"美"的解释是"从羊从大，羊大为美"，羊是大自然给予中国人的馈赠，四千多年前，先民们就驯化了羊，是为六畜之一。中医一贯认为，羊肉具有温补脾胃、补肾助阳、补血温经的作用，冬天里天气寒冷，人气血不畅，容易造成手脚冰凉、脾胃虚寒的症状，用羊肉进补，是冬天里最适宜的食疗方法。抛开养生方面的考虑，入冬时杀羊是古老又合理的习俗，冬季寒冷，肉类可以长时间储存不坏，在漫长寒冬里，一碗冒着热气的羊肉汤，对于满身风雪的夜归人来说，是多么温暖又美味的慰藉。

宋英宗治平二年（1065），这一年苏轼28岁，正是意气风发大展宏图的年纪。他在京外担任凤翔签判三年任满，正准备回到汴京干一番大事业，实现自己的抱负。命运却偏要开玩笑，这一年苏轼的结发妻子王弗和父亲苏洵接连病逝，他只好回乡为父亲守孝。

三年后，苏轼重新回到京城。此时英宗逝世，神宗皇帝即位，重用王安石开始实行变法新政。苏轼对变法持反对意见，被外放做官，数年间辗转于杭州、密州、徐州、湖州等地。在这些地方为官的经历对一贯乐观的苏轼来说，增长了不少见识，也尝到了各地的美食，但多年不能回京，被排挤在政治中心之外，也让他非常郁闷。

熙宁十年（1077），苏轼从尚书祠部员外郎直史馆改任徐州，回京任职的希望非常渺茫，于是他写了一首给朋友的诗《送颜复兼寄王巩》，述说自己此时的心境：

彭城官居冷如水，谁从我游颜氏子。

我衰且病君亦穷，衰穷相守正其理。

胡为一朝舍我去，轻衫触热行千里。

问君无乃求之与，答我不然聊尔耳。

京师万事日日新，故人如故今有几。

君知牛行相君宅，扣门但觅王居士。

清诗草圣俱入妙，别后寄我书连纸。

苦恨相思不相见，约我重阳嗅霜蕊。

君归可唤与俱来，未应指目妨进拟。

太一老仙闲不出，踵门问道今时矣。

因行过我路几何，愿君推挽加鞭箠。

吾侪一醉岂易得，买羊酿酒从今始。

颜复、王巩都是苏轼的好友，经常结伴郊游，踏访名山和隐居的世外高人。此时颜复要离开徐州，王巩也不在，苏轼顿觉清冷孤寂，于是抱怨在徐州的住处"冷如水"，自己不仅困顿还在生病。京城的形势瞬息万变，当年身强体健的故人也不知道还有几个仍留在京城。《东京梦华录》记载，北宋汴京有一条牛行街，开国功臣高怀德和北宋真宗朝名相王旦的宅第都在这里，王巩是王旦的孙子，牛行相君宅就是指王巩的家。苏轼希望颜复回了京城，去拜访王巩，让他们二人写信给他，来日有机会相见时再相聚。最后才说，现在自己孤身一人，想求一醉也不那么容易了，今天开始就要去买羊酿酒，邀请两位朋友来徐州，在重阳时赏菊饮酒吃羊。

羊肉在宋朝人的肉类消费中占据绝对领先的地位。宋神宗时，御膳房每年消耗"羊肉四十三万四千四百六十三斤四两，常支羊羔儿一十九口，猪肉四千一百三十一斤"，羊与猪的比例为105：1，虽然宫廷也吃猪肉，但和消耗的羊肉比起来，就是小巫见大巫。宋代开国时，赵匡胤警示后代子孙，要求他们不可奢靡忘本，规定宫中只吃羊肉。像牛、马、驴这类大畜具有耕地、运输的功能，官方明令禁止私自宰杀，为了做表率，皇帝也很少吃这种大畜的肉。

宋仁宗在位时，有一天早上起来跟内侍说，昨天晚上饿得睡不着，特别想吃烤羊肉，内侍问他怎么不让人准备呢。仁宗是深知"上有所好，下必甚焉"的道理的，他说如果自己说了，以后肯定会常常杀羊，好在夜里备着新鲜羊肉，作为君主，怎么能因为自己偶尔的肚子饿，伤害这么多生命呢？

虽然皇帝已经非常克制自己了，王公贵族文人大臣还是掀起了吃羊热潮。汴京街头的酒店里，和羊肉有关的菜式五花八门，有鹅排吹羊大骨、蒸软羊、鼎煮羊、羊四软、酒蒸羊、绣吹羊、五味杏酪羊、千里羊、羊蹄笋、细点羊头、羊头元鱼、细抹羊生脍、改汁羊撺粉、红羊、灌肺羊、大片羊粉等。很多菜式年久失传，早就不知道该如何烹饪，但宋人吃羊的热情可见一斑。

　　因为贵族爱吃、吃得多，导致宋代羊肉价格一直上涨，根据南宋时期笔记小说中记录的故事来推测，宋高宗时期吴中地区一斤羊肉能卖到九百钱，时人都惊叹羊肉价绝高。上级官员认为，在这个地方做官，如果时不时就买羊肉来吃，那肯定是拿了不该拿的钱，吓得当时的税官只买相对便宜的鱼虾改善生活。

　　苏轼被贬惠州时，生活困顿，惠州城很小，人口少，资源匮乏，市场上每天只杀一只羊，羊肉很贵不说，还要优先供给当地豪强家。等轮到苏轼去买，就只剩下一些边角料了。"吃货"苏轼不会被这种小事难住，他立刻发明了一种羊肉的新吃法：油炸羊蝎子。

　　每天早上，等当地官员富户买走羊肉，苏轼就去找屠户，让他把剩下的羊脊骨便宜卖给他。羊脊骨不能剔得很干净，骨头缝隙里还能留下不少肉，苏轼用盐和酒腌好，上火烤到微焦，用来当下酒菜，也算得上是世间少有的美味。东坡先生发现这种吃法之后，欣喜不已，还专门写信给弟弟苏辙，告诉他自己在惠州发现羊肉还能这么吃。想来今天北方冬天爱吃的羊蝎子火锅，也许正是受到了苏东坡的启发。

苏轼自己吃不上羊肉，但熟读苏轼文章，却能帮助别人吃上羊肉。陆游在自己的《老学庵笔记》里写过："建炎以来，尚苏氏文章，学者翕然从之，而蜀士尤盛。亦有语曰：苏文熟，吃羊肉；苏文生，吃菜羹。"宋高宗南渡后，曾经从苏辙的儿子苏迟手里得到过一幅苏轼的字，高宗坦言，苏学士的文章不管是严肃的政论还是戏谑的小品，读来都有裨益，自己收藏也并非因为喜欢苏轼的书法。南宋非常推崇苏轼的文章书画，考科举时多学苏轼的文风，容易高中。所以当时谚语说，苏轼文章学得好，就能有高官厚禄，吃得起羊肉；学不好，那就只能吃菜羹果腹了。

羊肉的风光，大概开始于隋唐时期。在原始社会末期到先秦时期，中原大地上吃得最多的肉类其实是鹿肉。当时养殖业还不发达，肉主要来源于打猎，鹿是中原地区最常见的猎物，自然成了最常被端上餐桌的食物。

两汉时期，自给自足的农户小家庭逐渐形成，家家户户的肉食都主要来源于自己养殖的猪、鸡等动物，养羊的地区也很广泛，但并没有形成什么大规模的养殖产业，影响力也不如猪。东汉末年，连年战争导致中原地区人口凋敝，大量土地荒废，北方游牧民族入侵后，带来了放牧这种生产生活方式和大量的羊群、牛群。

经历了魏晋南北朝三百年的动乱，畜牧业在北方越发发达，到了唐代，官营畜牧业规模空前，给朝廷供应了源源不断的战马和牛羊。

可能因为羊太多了，唐朝宫廷吃羊肉的方法就比较浪费。唐朝名菜"浑羊殁忽"，做法是把鹅的内脏掏出，洗干净，里面放上各种各样的珍稀菜肴，然后再杀一只羊，洗净掏干内脏，里面放只鹅。等到把这个食物用特殊的方法烤熟以后，直接把羊给扔了，吃鹅和里面的那些食物。当然羊肉也不是真的扔了，通常会进了家中仆婢下人的肚子，也算是给家里员工改善生活。

唐代人爱吃羊的习惯一直影响到了宋代，宋代全民热爱养生，也把羊肉的药性发挥到极致。北宋地理学家朱彧称："羊食钟乳间水，有全体如乳白者，其肉大补。"南宋大诗人范成大也认为："羊本出英州。其地出仙茅，羊食茅，举体悉化为脂，不复有血肉。食之宜人。"宋人把羊肉当成一种

"补品"，一些医书甚至以"羊肉"作为修饰性名词。

今天烹饪羊肉的方法，可以说集历朝历代之大成。有唐代皇帝爱吃的烤全羊，有宋代流行的羊肉汤，有来自元代的烤羊肉串、羊腰子之类的吃法。汪曾祺是现当代美食家，他认为在羊肉吃法里，内蒙古的手把肉第一美味。羊肉肥瘦相间，直接用清水煮熟，上桌后搭配盐或韭菜花酱就可以直接吃，满口生香，味道醇厚，哪怕再不爱吃羊肉的人也拒绝不了这种美味。当然还有北京的涮羊肉、陕西的羊杂汤、水盆羊肉，新疆的红柳羊肉串，套用林语堂的说法，吃到这些美味，会觉得这头羊死得很值。

南方也不乏羊肉的好做法，在长江以南的江苏境内，苏州城西的藏书镇是每年爱羊人士的朝圣地。藏书人对羊的品种十分固执，只吃山羊，以一岁左右的放养山羊为最佳。山羊紧实、不肥腻的口感，令人为之倾倒。

现代生产力大幅提升后，羊肉已经不像古时那样珍贵。等到入冬，找上三五好友，可以效仿唐人围炉烤肉，也可以学学苏东坡来一份羊蝎子火锅，让羊肉的香气驱除冬天里的寒冷，静待春天来临。

松风溜溜作春寒：山芋羹

19

煮番薯

芋羹美

唐朝诗人王建有一首《新嫁娘诗》云："三日入厨下，洗手作羹汤。未谙姑食性，先遣小姑尝。"描述了女子新婚，洗干净手后给公婆做羹汤的场景。以羹汤指代食物，看来古时羹汤是日常生活中不可或缺的。清代美食家李渔就认为，吃饭可以没有菜，但不能没有羹汤，菜用来下酒，羹汤则是用来下饭的。如果没有汤汤水水的羹汤，那饭简直就难以下咽。

李渔的这个饮食习惯，与今天广东地区的人们很相似。而苏轼著名的山芋玉糁羹，则是在海南的时候研发出来的。

被贬谪到惠州时，苏轼身边还跟着儿子和侍妾朝云，后来朝云在惠州病逝，苏轼又被贬谪到儋州，他便带着小儿子苏过渡海，到儋州赴任。此时苏轼年过花甲，身躯老迈，又在贬谪期间，生活贫困，全家只能天天吃山芋充饥。儿子苏过便想办法用山芋和碎麦子做了一道山芋羹，想让苏轼吃点好的补补身体。

苏轼吃了之后非常开心，觉得自己对美食的热爱后继有人，写了这首《过子忽出新意，以山芋作玉糁羹，色香味皆奇绝。天上酥陀则不可知，人间决无此味也》大大夸奖了一番。

香似龙涎仍酽白，味如牛乳更全清。

莫将北海金齑鲙，轻比东坡玉糁羹。

他说这道羹颜色纯白，香气好像龙涎香，味道像牛奶，但比牛奶更加清纯。最后还说，可别随随便便拿北海金齑玉脍来比我的东坡玉糁羹啊。平心而论，东坡这道山芋羹，大概味道并没有他描述的这么好，但儿子给老父亲做饭的这份心意，让苏轼十分动容。身处偏远蛮荒之地，与儿子相依为命，这时一碗软烂温热的山芋羹，承载着家人之间互相照拂的亲情，足以在后世传为佳话。

芋在宋代诗文中出现的频率很高，很多文人都喜欢用芋来煮羹，但芋究竟是哪种植物，大家各有各的说法，并没有一个确定的标准。今天咱们常说起的芋头，在古代有一个别称叫"蹲鸱"，鸱就是猫头鹰，因为芋头外皮是棕色的，上面有毛，看起来像一个蹲着的猫头鹰。

很多文人家里会自己种芋头，冬天用芋头合着米糁煮一碗热气腾腾的芋头糊糊，当早饭或者夜宵，暖身暖胃。陆游也喜欢这么吃，"西游携得蹲鸱种，且共山家玉糁羹"，卧病在床时，煮得软烂的芋头羹，病人容易下咽，还能补充需要的营养。

冬天里煨一碗芋头羹，是和"红泥小火炉"一样应季的事情，芋头好种植、产量高，穷困人家常挖来芋头、山药之类的食物用火炉煨熟，和家人共同分享，度过慢慢长冬。在土豆还没传入中国时，芋头就是对抗饥荒的最好作物。苏轼还写过一篇《记惠州土芋》，讲到岷山脚下的民众在荒年时就用芋头充饥，虽然是灾年，但当地没有发生瘟疫，热爱研究医药的苏轼认为，这是因为芋头有防病的功效。

《本草纲目》认为芋头是土中灵芝，能补气充饥，吃的时候要注意做法，先去皮，再用湿纸包着放在火上烤熟，趁热吃，又酥又香还有甜味。有一年快过除夕，夜里饿极了，朋友烤了两个芋头给苏轼吃，那美味让苏轼难以忘怀，于是写了一首《除夕，访子野食烧芋，戏作》：

松风溜溜作春寒，伴我饥肠响夜阑。

牛粪火中烧芋子，山人更吃懒残残。

"懒残"是一本唐传奇小说《甘泽谣》里的人物，是个和尚。故事里说，唐代李泌在衡岳寺读书，懒残是寺中的杂役，因为特别懒，总吃别人的剩饭，人们就叫他懒残。李泌夜里读书，总能听到懒残念经的声音响彻山林，断定他不是个普通人，就在晚上悄悄去拜访，想问问自己未来的运势。懒残和尚听说了他的来意，破口大骂，自顾自点起牛粪烤火，还从火堆里扒拉出一个烤熟的芋头吃。吃了一半，把沾着牛粪和口水的半个芋头给李泌，李泌恭敬地接过来吃了。苏轼用典说"吃懒残残"，就是吃懒残和尚剩饭的意思。看到李泌如此有诚意，懒残和尚懒洋洋地说，你不必多话，就做十年宰相吧。后来李泌真的做了十年宰相，世人视为传奇。

唐传奇多是作者虚构的，不过牛粪火堆中烤芋头来吃的典故流传了下来。

东坡家这道玉糁羹在当时经他本人一再传播夸赞，变得非常有名。《山家清供》里记载，苏轼有一天晚上和弟弟苏辙一起喝酒，兴致来了，就把萝卜拍碎，和研磨的米粒一起煮烂，什么调料都不放。喝完之后，苏轼摸着肚子说："除了天竺国的酥酏，再没有比此羹更好吃的了。"后来南宋的陆游、范成大等人，都喜欢在冬天里做这种东坡玉糁羹来吃，说这碗汤羹比蜜还甜，好吃得不得了。

苏轼的玉糁羹做法很简单，只要把芋头、萝卜、青菜之类的食材和米放在水里炖煮软烂就可以了。被苏轼在诗中拿来做衬托的金齑玉脍，也是一种羹汤，做法却要复杂很多，还是一道传世名菜。

《齐民要术》里第一次记载了金齑玉脍的做法："橘皮多，则不美；故加粟黄，取其金色，又益味甜。"用鱼肉加上蒜、姜、盐、白梅、橘皮、熟栗子肉和粳米饭一起煮成一碗浓浓的羹汤，搭配生鱼片来吃。白梅在今天被归在零食一类里，但在醋被发明之前，白梅是古代重要的调味品，能给食物提供所需要的酸味，做羹汤时一般都会放几颗。

古人对羹汤的做法研究很深，因为羹这种食物，在很长一段时间里，是要当作主食来吃的。咱们今天说起主食，一般指的就是米饭、馒头、包子这样能管饱的"硬货"。在古代生产力不那么发达的情况下，大部分人能吃到的精制主食很有限，于是人们想了各种办法，有点钱和情调的文人墨客会煮各种羹汤；普通百姓则发明了从植物中提取原材料制作主食的方法。

谷物粮食都能提取淀粉，但因为粮食产量经常不足、需要上交税赋等原因，古人更热衷开发其他淀粉含量高的植物，比如藕、葛、蕨、芋头、山药、菱角、荸荠、芡实、栝蒌、黄精等植物，通过一定的加工程序都可以提取淀粉。

清人李渔在《闲情偶寄》饮馔部中记载说："粉之名目甚多，其常有而适于用者，则惟藕、葛、蕨、绿豆四种。藕、葛二物不用下锅，调以滚水，即能变生成熟……粉食之耐咀嚼者，蕨为上，绿豆次之……斯为妙品。"

从李渔的描述中可以看出，这四种植物提炼出来的淀粉，在清代时的吃法和我们今天已经差不多。

古人从各类植物中提取的淀粉，在饮食领域有着广泛的用途。首先，这些粉食得以成为谷物的最佳补充，增添了碳水化合物的数量和品种，扩大了中国古代的主食资源。其次，这些植物淀粉都含有多种营养成分，具有不同的滋补功能。很多营养成分是无法在普通谷物淀粉中获取的，吃了之后可以治疗很多因为微量元素缺乏而导致的疾病。而且，用水冲开就可以吃，比起干巴巴的大饼和馒头，不仅方便美味，还便于携带，很快就成为外出途中救急的快餐食品。

粉食的出现还给古代烹饪创造了新的发挥空间，很多人爱吃的粉丝，便是用这些植物淀粉精制而成。至晚在宋代，用绿豆粉制成的粉丝已成为食馔中的常见之物。陈达叟《本心斋疏食谱》就记载："绿豆粉也……碾破绿珠，撒成银缕。"粉食在宋代是做羹汤的常见原材料，人们使用不同的物料烹制出形形色色的粉羹。粉羹用处广泛，优点很多，外出时便于携带，饥荒时能快速饱腹，制作精致的粉羹用来宴客也非常有面子。《山家清供》记载有一道"银丝羹"，用煮熟的笋切成细丝，和绿豆粉一起煮，颜色银白，所以叫银丝羹。

每当宴会之际，宋人必把粉羹作为第一道食馔，食用粉羹之后才逐次上菜。陈正敏《遁斋闲览》说："太祖内宴，先令进粉，故名头食。"这一饮食习俗传至明代，改为宴会结束时以粉羹收尾。胡侍《真珠船》卷五有云："今人宴终，必荐粉羹。"有点像今天咱们吃筵席时最后来一碗汤溜缝儿的意味。无论如何，粉食始终活跃在古代的各种宴饮场合，成为不可缺少的食馔。

今天，不管是市井小吃还是宴会大餐，都还能见到各种粉羹的身影。街边的土豆粉、鸭血粉丝汤、藕粉、杏仁汤，饭店里的西湖牛肉羹、鲫鱼豆腐汤、银耳雪梨汤等，都是历史长河中人们不断总结、发展、创新而得来的菜式。对美食的追求和热爱，今天的我们和当年的苏轼并无两样，都会为了冬日里一碗热乎乎的山芋羹开心，为了做出美味的菜式欣喜，为了家人准备好的冒着热气的饭菜感动。

很多时候，我们读苏轼诗文，不单被他百折不挠的坚韧精神鼓舞，感慨他的非凡心性；他对亲友的思念与爱，与他们在日常生活和一饭一食中的点滴心绪，都让我们通过跨越千年的文字，感受到苏轼也是一个活生生的、和我们别无二致的人。

手
啓

夢
得
祕
授

軾
笔

六
月
十
三
日

夢
得
祕
授
閣
下

軾

令子雷更不重村

我将渡海宿澄邁承

令子見訪知

澄邁來歸又云恐已到桂府

苦未不虽幾浮於海康

相過不不則未知

後會之期也区区無他祷惟

俟晨

《渡海帖》頁，北宋，蘇軾

台北故宫博物院　藏

一杯汤饼泼油葱：
来碗热热汤面

热汤面

20

宋代人觉得冬天里来一碗热乎乎的山芋羹，既美味又养生，但对于现代人，尤其是北方人来说，冬天里一碗刚出锅的热汤面，才是暖身暖胃的最佳选择。

古人把面食称作饼，胡饼是烧饼，环饼是油炸馓子，水煮的面食叫汤饼。"汤饼"中的"汤"，指的是热水；"饼，并也，溲面使合并也。"汤饼就是一种将面粉溲过以后煮制而成的面食。宋末学者胡三省在《资治通鉴》注中说："汤饼者，碾麦为面，以面作饼，投之沸煮之。黄庭坚所谓'煮饼深注汤'是也。"因此，汤饼是下在汤里煮的面食，如汤面条、汤面片、面疙瘩等的统称。到了宋代，汤饼和面条逐渐统一，成为常见的日常饮食，在各种文字记录中，仍然使用"汤饼"一词，但是越来越多人开始用"面条"这个叫法。

在苏轼的这首《和参寥见寄》中，他依然在使用汤饼这个称呼：

黄楼南畔马台东，云月娟娟正点空。

欲共幽人洗笔砚，要传流水入丝桐。

且随侍者寻西谷，莫学山僧老祝融。

待我西湖借君去，一杯汤饼泼油葱。

　　参寥是宋代有名的高僧，也是苏轼的好朋友，两人经常有往来唱和的诗文。这首诗虽然是送给参寥这个和尚的，氛围意境却很有道家的风范，前面几句所描绘的基本上都是求仙问道的场景。"山僧老祝融"暗暗用了我们前面提过的懒残和尚的典故，是调侃参寥和尚不要学懒残。诗的最后一句，苏轼对美食真是爱得深沉，哪怕自己要修仙而去了，还放不下这一碗热汤饼，还得泼上热葱油，香气四溢，满足口腹之欲。

　　连修仙时都要念念不忘，可能是因为中国吃面条的历史太过悠久，对面条的渴望已经写进了基因，不吃不行。

　　考古发掘出最早的面条是从青海喇家遗址出土的，距今已经有四千余年。面条颜色发黄，形状像今天的拉面，卷曲在一个扣着的陶碗下面，经历过几千年的沧海桑田，幸运地保留了下来，又偶然地被发现。这个发现对我国古代饮食的研究很有意义，根据检测，面条的成分是大量的粟与少量的黍，那个时候，小麦还没有被广泛种植，做面食的原料是小米面和黄米面，这两种面食口感不好，在今天早就被放弃，但在先民生活的时期，却是弥足珍贵的美味。考古工作者还在碗中发现了动物油脂和碎骨渣，说明这是一碗香喷喷的肉汤面。

两汉时期，汤饼是很高级的饮食，在皇帝的日常餐饮中常常出现。宫廷中专门设置了一个官职，叫作"汤官"，专门负责给皇帝做汤饼，还有过皇帝吃汤饼太多积食了的记录。

汤饼的好处很多，成书于魏晋南北朝时期的《荆楚岁时记》里提到："六月伏日进汤饼，名为避恶。"夏天炎热，蚊虫滋生，做好的食物不马上吃很容易腐败，吃了后会生病。而面条是现做现煮的，面粉和生面也好保存，经开水煮熟后，还带有杀菌的功效，简单方便，干净卫生，避免了夏天高发的肠道疾病。

这种食物在古代日常生活中长期存在，就出现了很多和汤饼有关的有趣故事。最有名的应该是"傅粉何郎"的故事，这个故事出自《世说新语·容止》，这个章节里介绍了很多魏晋时容姿不凡的名士，何晏就是其中之一。何晏是曹操的养子，很小的时候母亲带着他改嫁曹操，便在曹操府中长大。何晏皮肤白皙，是三国时有名的美男子，因为太白了，让当时在位的魏明帝曹叡怀疑他是偷偷往脸上擦了粉。为了验证这一点，曹叡派人请何晏来参加宴会，当时正是夏天，宴会上吃的是热汤饼。这是皇上赐宴，没法拒绝，何晏只好硬着头皮吃，吃得满头大汗，不停掏出帕子擦脸。周围人赶快停了筷子盯着看，看他擦脸的时候是不是把粉擦掉了，没想到何晏脸上根本没有粉，反而越擦越白。魏明帝这才相信他是"天生丽质"，从此"傅粉何郎"的名声流传下来，后人津津乐道。唐代刘禹锡就写过诗："何郎独在无恩泽，不似当初傅粉时。"

　　面条做法众多，可发挥性强，嫌麻烦的时候，可以像苏轼那样，煮一碗清汤面，只要在面里泼上一碗爆了葱花的热油，就能吃得心满意足。碰上讲究人，就能学学李渔，将十几种动植物原料的细末和进面里，做出口感独特的面条，再搭配上羊肉、笋丝、菠菜等做成的浇头，一碗简单的面条也能让老饕玩出花来。

陆游把能吃上面条当作幸福的象征。入冬时，流入池塘的小溪只剩下涓涓细流，溪边还有几枝残存的菊花。陆游身体不好，经常生病，为了散心，就到野外去散步。回来后吃到一碗热乎乎的汤饼，锅里翻滚的面片像是兔子的长耳朵，面的浇头是用肉末和橙子制成的。想来"人间富贵知何得？"（《野兴》）只有这山林野味才是最长久的幸福。

在宋代诗人中，陆游算得上是面条的最佳代言人。他写过不少诗文来赞美汤饼的美味，还写过一个"东坡食汤饼"的故事，讲苏轼吃汤饼的一个小趣闻。北宋绍圣四年（1097），苏轼再一次被贬谪到海南，他的弟弟苏辙也被贬官到雷州，两人在去往贬谪之地的路上一路同行，见到路边有卖面条的，就坐下来打个尖儿填饱肚子。面条端上来后，是用粗面制作的，擀得非常粗，煮得也不软烂，很难下咽。苏辙看着碗中的面条忍不住叹气，等抬头一看，发现苏轼已经吃完了，看到苏辙一脸错愕的表情，苏轼大笑着起身，说："九三郎，尔尚欲咀嚼耶？"九三郎是苏轼对弟弟苏辙的称呼，这是在嘲笑他，在这样艰苦的条件下，不说赶紧想着填饱肚子，还想要细细品尝美味吗？

苏轼性格豁达，被贬惠州的时候吃着荔枝、烤羊蝎子，也能过得快活不已，还写了不少诗。这些诗传到京城，有人说他在此地"过得快活"，于是朝廷又把他贬到了更远的海南。生活这样艰难，磨灭不了东坡先生身上的坚韧乐观。想想他在黄州时，曾因穷困潦倒无法和家人团聚，只能自己开荒种地，喝上一碗粗粮粥都要乐上半天，此时吃上一碗粗粝的面条，又算什么坏事。

失意时吃面，得意时同样要吃面。唐代风俗，普通人家生子第三日要办一个"汤饼会"，邀请亲朋好友参加，宴会上主要的饮食就是汤饼。因为面条的形状又瘦又长，谐音"长寿"，是长辈对新生孩子的美好祝福。老人办寿宴时，当然也少不了一碗长寿面，寓意寿比南山。

宋代时也有这个风俗，苏轼的朋友家有新生儿降生，邀请他们去府上吃饭贺喜。苏轼写诗祝贺说："郁葱佳气夜充间，始见徐卿第二雏。甚欲去为汤饼客，惟愁错写弄獐书。"可见这宴会上也是要吃汤饼的。

明清时期的笔记小说里，也写了很多生日吃面条的情节。《初刻拍案惊奇》就有"转眼间，又是满月，少不得做汤饼会，众乡绅亲友，起来庆贺"的句子。那时新生儿出生第三天、满月及周岁时，父母会设筵招待亲友。因为这个习俗，婴儿出生三天至周岁也被叫作"汤饼之期"，今天出于健康的考虑，新手爸妈不给出生仅三天的小婴儿办宴会。但过生日时吃一碗长寿面的习俗的确保留了下来。

因为面条制作简单，营养丰富，品种繁多、食用方便，既可当主食又可作快餐。上至达官贵人，下至贩夫走卒，都能在一碗面条中体会到人间值得。唐代晋殷的《食医心鉴》中记录了汤饼的食疗功效："面四两，鸡子清四枚，以鸡子清溲面作饼，熟煮于豉汁中座，可治脾胃气弱、见食呕吐、瘦薄无力。"《清宫卿膳》记载，乾隆皇帝早餐多有"野鸡清汤面一品"，再丰盛的大餐，也比不上一碗热乎乎刚出锅的面条能唤醒沉睡了一宿的肠胃。

今天，面食的吃法更加丰富，北京有家常炸酱面，苏州有考究的苏式汤面，山西刀削面的名声享誉全国，河南烩面、武汉热干面、兰州牛肉面等都成了各地的标志性饮食，到了当地如果不来一碗就算是白来一趟。

冬天的面条到底有多大魅力？西晋人束皙写了一篇《饼赋》，说："玄冬猛寒，清晨之会，涕冻鼻中，霜凝口外，充虚解战，汤饼为最。"在冬天的清晨里，挣扎着爬出温暖的被窝，冒着严寒走出门，呼出的热气在嘴边凝结成白霜，吸入的冷空气简直要让鼻子冻住。这个时候，路边一团凝白的水汽中，出现了一个专卖热汤饼的早点摊，一碗下肚，肚子不再空空如也，身子不再不受控制地颤抖，从头到脚都被这碗面条征服。

这些普普通通的面条，朴实无华，简单易做，是最质朴、最平实的生活片段，却又那么温暖，那么美味，那么令人记忆深刻。

軾啟 新歲未獲
屢慶祝頌無窮 稍暖
起居何似 起居不有涯 何日是歸
入城那日是得 公擇書過上元乃行計
月末間到此
公所此時來尚之 竊計上元起造尚未
畢工 都幸自不出 每緣夜游也沙坊
畫一幅已夕附陳隆妙嘉次 今先附扶書
宵吉此中有一鑄銅正欲佳
而收建州茶白子並推試太 似往還送者兼
適有閩中人便或今者過 因往往彼賈一副也
氣魄付之人專委護便 納上 俟寔久之
保重冗中也不宣 軾再拜
李常先生文閣下
正月日

子由而皆方子明者他番不甚怪也小
橋中金乙列寄十三乎未及李尉豚上奏
伸意 柳丈昨日書人還 許李游次
知屋畫已壞了不須快快 但項者潤
筆新屋下不賴也如畫也

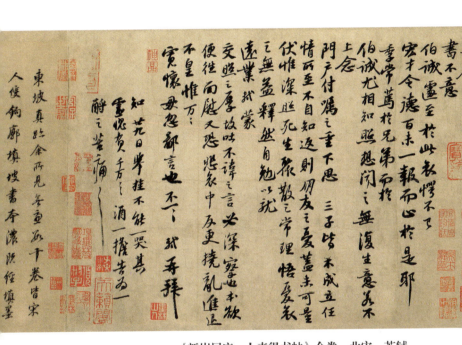

轍頓首再拜

書不意

伯誠靈至於此忘哀愴不下

宏才令德百未一報而止於是耶

季常篤於兄弟而於

伯誠尤相知恨聞之無復生意豈不

上念

門戶付囑之重下思

三子皆未成立任

情西至不自知返則朋友之愛蓋未可量

伏惟深照死生聚散之常理悟愛惡

之無益釋然自勉以就

遠業軾蒙

交照之厚故此不諱之言必深察之本欲

便往面慰又恐悲感中反更撓亂進退

不皇惟萬萬

寶懷毋怨都言也不一軾再拜

知苼月半挂不能一哭其

靈怳貪千方之酒一揮告之一

醉元莫甫

東坡真跡余所見凡若干卷皆宋

人倦鉤廓填坡書本濃院徑填墨

《新岁展庆、人来得书帖》合卷，北宋，苏轼

北京故宫博物院　藏

图书在版编目（ＣＩＰ）数据

好吃！苏东坡 / 刘阳著. -- 北京 : 天天出版社,2024.3（2025.9重印）

ISBN 978-7-5016-2251-1

Ⅰ.①好… Ⅱ.①刘… Ⅲ.①散文集－中国－当代Ⅳ.①I267

中国国家版本馆CIP数据核字(2024)第037051号

责任编辑：崔旋子 　　　　　　　　　　**美术编辑：**丁　妮
责任印制：康远超　张　璞

出版发行：天天出版社有限责任公司
地址：北京市丰台区右外西路 2 号院　　　　　**邮编：**100069

印刷：北京博海升彩色印刷有限公司　　　**经销：**全国新华书店等
开本：880×1230　1/32　　　　　　　　　　　　　**印张：**7.5
版次：2024 年 3 月北京第 1 版　　　**印次：**2025 年 9 月第 3 次印刷
字数：113 千字

书号：978-7-5016-2251-1　　　　　　　　**定价：**39.00 元